一起来读小说玩吧！

恋爱与之后的一切

与之后的一切

[日] **住野夜** 著
Sumino Yoru

于晓淅 译

江苏凤凰文艺出版社
JIANGSU PHOENIX LITERATURE AND
ART PUBLISHING

此时此刻，喜欢的女孩就站在我面前。

我还以为暑假期间暂时见不到她了。

"欸，咩咩你还在啊。"

她站在十字路口张着大嘴说着，把耳机摘下塞进了黄色短裤的口袋。

"这话该我说吧，莎布蕾。"

"我一直都在啊。"

莎布蕾没有参加社团活动，我以为她不会留在宿舍，也没有特意去问。我记得她去年应该是老老实实回老家了。

"我以为你白天会一直在学校忙着社团活动，今天休息？"

"没，今天顾问老师有事儿，上午只有自主训练，下周休息一周。"

"这么说半饭也是如此咯？"

"他妈妈在附近等着，社团活动一结束就带他走了。"

柏油路反射着白光，莎布蕾站在那里"哦"了一声点点头，纤细的脖子上冒出汗珠，亮晶晶的。原本觉得燥热难耐的天气，突然在我心里有了别样的意义。

"你这是要去哪儿？"

"食堂。"

"不然我把这放好也去食堂吧。"

她的右手拎着超市袋子，一截奶油长棍面包从里面露出来。感觉几乎没见过有女孩吃这种面包。

"那我等你。"

莎布蕾经过我的身侧跑进了后面二十米远的大门，步伐轻快得宛如长了翅膀。或许有人会说我只是因为她的昵称才冒出了这样的联想，这么说也没错。不过会有这样无聊的想法，更是因为我的内心比莎布蕾更加雀跃。

一直站在路边也不是个事儿，我直接原路返回，站在莎布蕾刚刚进入的大门旁边，就着将将长到里面的大树躲太阳。这里和我住的地方不同，是女生宿舍。一般情况下，宿管阿姨一看到男生进入区域内就会立马赶人。不过现在已经放暑假了，她也变得睁一只眼闭一只眼。多走进来一步也没什么问题。

"哎呀，我以为你说等我是在那边等呢。抱歉抱歉，没理解你的意思。下次换我来等你，什么时候需要的话可以告诉我吗？"

"可以是可以，但这要求有点难到我了。"

好久没听到莎布蕾说出这种"过分介意"的话，我有些开心。我们俩很快迈开腿朝目的地走去。

"你又晒黑了啊，咩咩。"

"毕竟一直待在外面啊。"

"晒分层了没？"

我掀起胳膊上的 T 恤短袖。"嚯……"莎布蕾轻声惊叹，抬起自己白生生的胳膊摆在了一旁。

"我这胳膊跟你的相比看起来太柔弱了啊，不过这也正常，我都不运动嘛。"

"最近都干什么了？"

庆幸我们是朋友，能让我若无其事地问出这种问题。可也因为这种关系，让我一时疏忽，没有仔细确认她的暑假安排。前天在连我①上闲扯一些没营养的话题时，我甚至还脑补了自己从没见过的莎布蕾的老家。

"每天都是熬到大半夜，再睡到大中午。所以我现在其实是要吃早餐。"

"刚才的面包就是你的早餐啊，怪不得我之前没在食堂碰到你。是在打游戏吗？"

我记得她有段时间说一直在和隔壁房间的海老名玩任天堂②。

"没打，海老名回家了。我最近一直在看那种有人死亡的电影。"

"什么啊？"

"很有意思啊，这种电影大致能分成四类：看上去会死最终死了、看上去会死最终没死、看上去不会死最终死了、看上去不会死最终没死。死亡这么大一件事情，结果简单一算竟然就有一半概率会丧命呢。"

见面才几分钟，莎布蕾的奇怪发言就稳定输出。这让我很开心。

"毫无预料突然死了的电影呢？"

---

① 韩国互联网集团 NHN 的日本子公司 NHNJapan 推出的一款即时通讯软件。
② 一款便携式游戏机。

"没有预感的话，我归类为看上去不会死最终死了的电影。"

"有推荐吗？"

"嗯……看上去不会死最终死了，还有看上去会死最终没死的电影，我倒是有不少喜欢的，但一说名字就会剧透。比如昨天半夜电视上放的那个，我就觉得挺好看，是看上去命不该绝却还是死掉的电影。"

"哎，那个我看了。"

"哟，巧了。"

"确实是出人意料的死亡。"

想着第二天的社团活动难得轻松，早睡未免太浪费，于是我昨晚在房间里迷迷糊糊地看着电视，那部电影就这样开始了，全然没想到这会让我们有了共同话题。我不好意思显得太过兴奋，所以面对着莎布蕾只将内心的惊喜表露出了七分。

"是吧！的确是一部会令人惊叹'哇哦居然死了！'的死亡类电影啊。能把死亡演绎得这么精彩的死亡类电影可不多见呢，能让你偶然碰上，很走运嘛。"

"死亡这个词，被你说了多少次啊。"

我们聊着聊着便来到了住宿生们都会来用餐的食堂门前。从相邻而建的男女生宿舍到食堂，中间只有一条路，走过来用不到两分钟。

"咩咩，要不要来玩儿套餐猜拳，给无聊的日常找点刺激？"

我朝着门把伸出手，指尖刚感受到从门缝钻出来的凉风，这时身后传来莎布蕾兴致勃勃的声音。

"哎呀，抱歉，无聊的应该就我自己，你每天都在努力训练啊。那我重说一遍？"

尽管不知道她要怎么改口，我还是点了点头。

"为了给我无聊的日常找点刺激，给你忙碌的生活换换口味，我们来一决胜负吧！"

"来吧，我不会输给一个暑假家里蹲的！"

"假如我说自己一直在没日没夜地埋头于猜拳修行呢？"

"就没点其他事情干了吗？"

"剪刀石头布——"

不管对手是谁，接到这种战书，我都希望能赢下来。猜拳在大众眼中也许就是个运气游戏，不过山人自有妙计——印象中，莎布蕾喜欢出布，于是我决定出剪刀来赢过她。食堂每日轮换的菜单里只有三个套餐，套餐猜拳的赢家能优先选择其一，然后从剩下的两个里挑一个硬塞给对手。其实根本无人会从中获利，仔细想想连目的是什么也不清楚，然而闲得发慌的住宿生们一聚在一起就会不时来上一场。

结果也不知道是莎布蕾猜到了我的策略还是偶然，又或者是直接顺着起手动作的势头，她就这么握着拳头伸了出来。

"好耶！"

"你先别动，等一会儿啊。"

"欸？"

面对着保持出拳头的姿势，乖乖定住不动的莎布蕾，我将右手蜷在一起的小拇指、无名指和大拇指一一展开。为了不错过莎布蕾的表情，我盯着傻眼的她说道：

"你看，是我赢了。刚才你让我等了，这下两清。"

"……喂！要在这时候用？！"

"还好遇到了正合适的用途啊。"

"刚才你在那里等我不会也是一种策略吧？"

"那只是巧合！"

我带着些许强调的语气否定，我不想让莎布蕾觉得那么做是为了让她欠人情。

"不好意思，怀疑你了。可手上换动作不算犯规吗？"

"我是在出布啊，只是慢了点儿才出到一半，所以才让你等等嘛。"

"你那怎么看都是剪刀吧！"

"如果你能说清楚剪刀和布的分界点，那我接受重比。"

莎布蕾立刻试着比出了一个大概介于剪刀和布之间的手势，我对着她一笑而过，重新打开食堂的大门。

沁着空调凉意的空气中弥漫着静谧的气氛，这是只有暑假才会有的光景。平时不停在厨房里来回忙碌的阿姨们也都坐在椅子上闲聊。这样的氛围有种特别的感觉，我还挺喜欢的。

"炸鸡、盐渍青花鱼、叉烧面。"

餐券贩售机旁边的黑板上用粉笔写着和之前差别不大的菜单，按照阅读顺序分别是 ABC。我看了看身旁莎布蕾的表情，定下了自己和她的餐点。

"我要 A 套餐，你这顿是早餐，那就 B 吧。"

"我无所谓啊，一起床就吃得下拉面。"

"那你吃 C 套餐也行。"

"怎么说我也是输了，还是 B 吧。"

彼此在食物方面都没有特殊的好恶，因此基本上也只会对于猜拳的胜负略显激动，挑选菜单时就没那么绝对了。假如这里有莎布蕾的心头好，我还能抢先选走逗逗她，不过她常挂在嘴边的爱吃的东西是开心果，食堂里哪会有这个。

我们把各自买好的餐券递给阿姨下单，之后坐到了窗边的座位上。仔细想想，这里也没什么特别出众的地方，但不知怎么就被住宿生们当成了特等席，得亏是暑假我们才能顺利入座。

我吃着平平无奇的炸鸡，还有沙拉和米饭，这时两个男生走进了食堂。他们都看到了我们，远远地便低下头问好，于是我也挥了挥手。

"咩咩学长。"

莎布蕾吃着的青花鱼看起来也是很平常的那种。每次看到别人朝我打招呼，她都会开口揶揄我，今天也不例外。

"学弟学妹们会叫你莎布蕾吗？"

"我都不怎么和他们打交道啊，不过二年级以上的住宿生们都叫我莎布蕾，仿佛那栋楼里没有姓鸠代的人。"

我们进入第二学年也有小四个月了，确实没见过莎布蕾和像是后辈的学生待在一起。我从小学开始就会参加俱乐部队伍或者社团活动，但普通学生也许的确不会和后辈有过多交集，只是我不了解情况罢了。

"你刚才说每天很无聊，电影方面暂且不提，意思是猜拳修行没意思吗？"

"毕竟太单调了啊，修行过程中九成的时间都在打坐，其余一成的时间在打扫房间。"

"去实战呗。"

"都没人啊，同一层只有我和另一个学姐留在这儿，她也一直要去社团。"

"你也应该出去转转啊。"

说这话时我心里抱着一丝丝期待，希望能顺势邀请莎布蕾出去玩儿。毕竟好不容易碰到一个人少，而且她又有大把时间的机会。平时的学校、宿舍还有附近到处都是他人的目光，根本没法和她独处。

嗯，仔细想来何止是一丝丝期待……

"我会去啊，就下周。"

"欸？"

"你不会以为我真的是个家里蹲吧，咩咩？"

都怪我自顾自地期待又想得挺美，结果脱口而出的声音过于震惊。太丢脸了。

"去哪儿？"

"我外公家。"

"和你家不是一个地方？"

"嗯，我外公家在……"

莎布蕾说出的地方令我十分吃惊，不过这次我换回了正常的惊讶语气：

"好远啊。"

"是啊，就因为远我已经大概两年没有去过了。这次其实不仅仅是去找我外公，还有其他目的。几个月前，外公那边的一个远亲轻生了。"

"这……愿逝者安息。"

话题一下子沉重起来，我努力从自己所知的话语中挑了一句出来。也不知道这话说得合不合适，不过至少莎布蕾没有提意见。

"所以你是去扫墓？"

"是要去问候一声，还有希望能看到轻生的房间之类……"

"什么意思？"

　　我有些摸不着头脑，不过莎布蕾会对奇特的事物感兴趣这件事倒并不令我意外。和她当了一年半左右的朋友，我很清楚她就是这样的人。

　　"我想问问周围的人他为什么会选择自我了结。其实也是因为这件事，我才开始一直看那些与死亡相关的电影。我想直面生存与死亡，感受下那种生命的能量。"

　　莎布蕾的行动总是会出于和别人不同的理由，这点不只是我，她身边的其他人都有所了解。要说我的个人感想的话，我感觉相比起其他人，自己不知道为什么总是能深深理解到莎布蕾的言下之意，这让我很开心。

　　这次也是一样。

　　"我好像能懂你的意思，在看灾难片或者求生类电影时，比起那些宏大的场面，其实更想看的是人们拼死一搏的模样。这应该就是你所说的想见识生命的能量吧。"

　　"是嘛……"

　　这不是假话，我从以前开始就对这类电影很感兴趣。而在当下听到了莎布蕾的话之后，我可能才第一次意识到为什么喜欢。我还爱看战争片和死里逃生的纪录片之类的影片，原来是因为生命的能量啊……

"正是如此，咩咩，原来你也有这种感受啊。"

"嗯，你说的那些我也想听听，很期待你带回来的见闻。"

感兴趣是真的，不过会这么说更是因为我想和莎布蕾留下约定。这样哪怕没法邀请她出去玩儿，在没有她的日子里我还是能带着些许期待度过。

"既然如此……不过，你下周很忙吧？"

"下周？刚才不是说了，社团休息。"

"欸，你不回家吗？"

"太麻烦了。"

"那跟我一起去？"

"行。"

也许我应该再多问问她是什么意思，或者再犹豫一二。然而在脑子反应过来之前，我感觉自己就点头了。

"一起？"

终于，我的大脑跟上了节奏。欸，和莎布蕾……？

发出邀请的莎布蕾也是一脸吃惊，搞不好比我更甚。

"真的吗？！咩咩你秒答啊，厉害了！"

"不是，我没怎么过脑子，下意识就点头了。"

"这样啊，那你现在要是拒绝了也没关系。"

"不过……"

曾经在赛场上，我就遇到过无数个立刻要下定决心做出判断的瞬间，说不定我要感谢自己的运动经验了。

"我可上心了啊，除非你坦白说自己只是一时兴起才邀请我的。"

说是下定决心，但我也下意识留了条退路。万一她最终还是面露难色，那带来的伤害绝非一般，因此我希望到时候至少能用玩笑带过。在为自己找补的同时，一个个问题也在我的大脑中盘旋——和莎布蕾一起旅行？去询问轻生的事情？……什么意思？

"不不不，我很认真啊。我外公应该也没问题，他是个挺随性的人，告诉他的话也会让你留宿。"

"不了不了，留宿怎么说都不太方便，再说你那性格也会过意不去。要去的话我会找旅馆的。"

"我对于亲戚倒不会特别在意，只要彼此都好好活着就行，所以没关系。还有那里是乡下，周围压根儿没有旅馆。你觉得可以的话，那就一起去呗。"

"这规则还是头回听你说啊。我没问题，只要你和你外公同意就行。"

"规则……嗯，感觉应该还有比'规则'更恰当的说法……"

莎布蕾自顾自纠结了起来，我借此机会想努力根据现状整理下思绪，然而完全做不到。每过一秒，这趟旅程就越发接近现实。可我就像是在看一场电影，偏偏漏掉了开头的重要台词。

我有些飘飘然，总之先第一时间告诉自己不能错失这一良机。莎布蕾似乎一时半刻想不到能替换"规则"的词，于是摆摆手表示先不想了。碰到这种情况，一般人都会直接抛诸脑后，可莎布蕾这人，八成回头还会再次仔细思考一番。

"到那里的路程比较长，真开心能有你同行啊，幸好邀请了你。"

"同行是没问题，不过也太突然了，我都被自己的反射弧吓到了。"

"还好你每天都在社团刻苦训练啊。"

"我可不是为了这才训练的啊。"

我强迫自己假装是在为了能和朋友一起去旅行而开心，不敢在脸上流露出其他情绪。我不会像莎布蕾那样深思熟虑后再行动，所以不控制好表情的话，估计就该变成诡异的窃喜了。

然而不管今后的我会变得多么深沉，突然被喜欢的女孩邀请去旅行，而且她看起来也已经决定了要一起去，这种时候让我不在脸上露出一丝一毫的紧张和不知所措的欣喜，可能吗？会有这种人？

不会有。那照这样看来，我也明白了莎布蕾对我的心思——毕竟她的表情里只有和朋友即将踏上旅程的期待。这让我稍微冷静了一点。

至少发出邀请的莎布蕾心里应该是完全没有我想听到的那种意思。行吧，反正早就清楚了。

也算是又确认了一次。

"其实我一直想找点你感兴趣的事情邀请你，好在是能报答你了啊。"

"我干什么了？"

"好早了，你可能不记得了。我们刚遇见那会儿，你叫住宿生们一起去吃饭，也邀请了我。我也想请回去，可一直没什么头绪。所以今天能碰到你还真是幸运呢。"

"哦……好像是有这么回事儿。"

我记得这事儿，当时不止邀请了莎布蕾，而且这都是大概一年半之前的事情了。没想到她连这种事情都纳入了要报答的范围。不过这属于莎布蕾的个人决定，我能说的也就是称赞当时的自己，干得漂亮。

过去的自己好不容易创造了机会，我得加把劲，让她多多少少能意识到我的感情。这么一想，总算是有了一些较为积极的决心。

"哎呀，我是要去问别人离世的事情，说幸运会不会太草率了，要不换个说法？"

"嗯，行啊。"

"碰巧遇到咩咩，感觉之后会很开心呢。这样就是我的个人意志了，比刚才的草率发言好得多。"

听到以夸海口的方式说出的想法，我从胸口到脖子突然泛起一阵酥麻，仿佛被订书针刮过瘙痒难耐的地方。

我喜欢听莎布蕾说话，能让我从自己身上发现前所未知的心情和感受。

"忘了告诉你，一路的交通估计很辛苦哦。"

"我应该没问题，毕竟比你体力好。"

"那是自然，我用连我把行程发给你啊。"

经过短暂的网络传输时间，很快我就收到了信息。

"谢啦。"

有过暗恋经历的人，也许能和我产生共鸣。

手机接收到行程的瞬间，我就不禁开始患得患失，怕这趟旅行突然被取消，又怕莎布蕾心念一转拒绝让我同行。我告诫自己不要过度期待，并且再次先打好预防针。这种感觉无疑会一直持续到出发前一秒，而且今后每次和莎布蕾做出什么约定时都会反复出现。

估计等我们俩出发了，我才会真正感受到自己的确身处现实吧。接下来的一周，对我来说将比莎布蕾制订的路程计划还要漫长。

所以还是不要以为已经板上钉钉了。

不过至少在这一刻，我有了一个特殊的安排。

距离我们偶然重逢才过了几十分钟。在这样短的时间里，我们就决定了要利用宝贵的暑假专程去拜访他人轻生的房屋。

难得的暑假，用在这种事情上还真是有些莫名其妙。

"仔细想想，接触到生死相关的强烈能量后，我和你的想法说不定会有所改变呢，搞得我有点紧张了。"

莎布蕾表现得仿佛真的有了这样的体验。我笑着说道："这种经历不可多得，我很期待啊。"

不，其实是因为有莎布蕾和我一起，这就足够了。

我的暗恋便是如此容易满足。

之前说到我刚入学时招呼众人一起吃饭，顺便邀请了莎布蕾。在她提起这件事时，我表现得像是隐约记得，事实也的确如此，并不是有意糊弄。那时我对她的印象其实并不深。我在以前偶尔会遇到那种沉默寡言却莫名显得有些忐忑不安的女生。入学之后的一周，我擅自把这种标签也贴到了莎布蕾身上。这种类型的女生，要么是渐渐成为被欺凌的对象，要么是与其他爱照顾人的女生亲近起来，在班上寻得一席之地。她们大多性格乖巧但很怕生。有了这样先入为主的观念，我便出于同学关怀，姑且也邀请了当时的莎布蕾参加住宿生的聚餐。

　　那时的我根本无法想象，那个腼腆地笑着道谢的女生，日后竟然会邀请我去拜访他人轻生之地。

　　尽管不是因为吃饭，不过都是住宿生再加上同班，我和莎布蕾自然而然就混熟了。告诉父母我假期不回家，要去朋友外公家时，我也如是和他们解释了我与莎布蕾之间的关系，结果父母表示那还用你说。确实，关系不好的朋友也不会去人家亲戚家拜访。

　　我和他们约法三章：每天必定发一次信息；尽量不给朋友的

亲戚们添麻烦；问清对方的地址，回头要寄礼物。于是父母同意了我的旅行。不过我并没有说这个朋友是女生，以及我们是要去问轻生的事情，免得麻烦。

莎布蕾的外公似乎是表示欢迎多一个男生来帮忙。我不明所以，问了之后得知莎布蕾的交通费不够，她打算帮外公干活儿来挣钱。我其实也有些在意钱的问题，平时因为社团活动都没时间打工，既然能有得赚自然是好事。体力活儿的话我还是颇有自信。

"先不说你，我倒是担心我撑不撑得住啊。"

约好一起旅行的第二周的一个晚上，莎布蕾在车站的麦当劳里如是说道——不是因为外公家的打工，而是因为我们即将乘坐的夜间巴士。

"咩咩你应该坐过吧？"

"坐是坐过，但也仅仅是在社团去别处比赛的时候。那会儿天也是暗的，不过是清晨。"

而且不巧的是，当时同行的全是男生。所以老实说我现在也有点担心。

眼下我旁边的座位上放的是在社团里会背的斜挎运动包，莎布蕾的旁边则是一个很大的黑色四方旅行背包。可要是上了巴士，彼此的身体就会取代背包的位置，整整一晚上我们都要并肩而坐。我还不知道这段时间该如何度过。

我喝了一口香草奶昔。原本是因为日落后仍然炎热的路途买的，然而店里的空调冻得人发僵，似乎并不适合喝冷饮，不过这味道对于紧张的我来说倒是恰到好处。

"不过你也算是有近期的实战经验啊，反观欠缺体力的我，对于夜行巴士的了解都来自于《周三怎么样》。"

"是以前大泉洋①的那个综艺节目？"

"没错，网飞上有，前天我看了夜间巴士那集。跟社团坐车的时候你睡了吗？"

"回来的时候睡了，去的时候我旁边坐的是半饭，他一直叨叨了五个小时。"

"然后就开始又是练习又是比赛了吧，真厉害啊。"

似是要赶紧补充点体力，莎布蕾大嘴一张咬了一口虾仁堡，面包和生菜全被包进了嘴里。她本人也会拿自己大大的嘴巴玩梗。可嘴巴张得是大，胃却没有那么大容量。莎布蕾三下五除二吃完

① 大泉洋是一位日本男演员、声优、编剧、导演及主持人。

了汉堡，又从我这边捏了两三根薯条便结束了晚餐。

先前莎布蕾给了我一块嗨啾的软糖①作为谢礼。加上这块糖，还有放在包里的四晚的换洗衣物、充电器、宝矿力瓶装水、身上穿的T恤和七分裤、袜子和运动鞋，再来是手机和钱包，这就是我的全部行李。

我穿的衣服和平时没什么两样，莎布蕾的衣着则是和多人集体出游时一个模样——宽松的黑色T恤，看得人眼花的彩虹条纹过膝半裙。那双亮闪闪的银色运动鞋是很久之前见过的。第一次看到时我忍不住心想："这是外星人的脚吗？！"但仔细一想，没准儿只是我不懂女生们的潮流，索性等着其他人的反应。结果被莎布蕾当成闺密的海老名直接来了一句"迪斯科球啊你！"，她都这么说了，那我的感觉估计并没有错。我这才补了一句吐槽说莎布蕾像外星人，她看起来倒是挺开心。

"对了，海老名托我给你问声好。哦，我叮嘱过她了别告诉其他人，省得惹麻烦。"

"谢啦，海老名应该靠得住。"

---

①嗨啾软糖是一种独特的糖果，常被用作礼物，寓意着希望对方保持一颗年轻快乐的心。

　　尽管事实只是两个好友结伴出行，但我们也是有危机感的。同班的孤男寡女一起旅行，无论目的如何，消息最好都不要传开。我不想以后被起哄，感觉会很碍事，莎布蕾也不是那种能对此视若无睹的人。当然，对我来说还有一点——万一哪天我决定要表露心迹时，我不希望她觉得是因为受到了周遭的影响。

　　"海老名问我闲的话要不要去她家，我就告诉她要和咩咩去我外公家，于是她就让我给你问声好。她自己跟你说不就好了。"

　　我和海老名也是连续两年的同班同学兼住宿伙伴，所以我们的关系也不错，可她却不直接跟我联系，总感觉是别有深意。她应该不会猜到我的心思吧……海老名这人比莎布蕾更加难以相处，因此绝不能大意。先前有个走读生想和心仪的住宿生搞好关系，海老名试图通过帮人家牵线搭桥来赚钱，不料事情败露惹得对方大发雷霆，然而始作俑者却毫无悔改之意。她就是这么一个恶劣的家伙。

　　"去的目的也说了？"

　　"嗯，海老名回了句'好傻哦，听起来还挺有趣啊'，不懂开头的'好傻哦'到底什么意思，不过应该是夸奖吧。"

　　换言之，海老名有着一套属于自己的价值判断，不会被常识或者大众想法左右。所以才会和价值观有些另类的莎布蕾意气相投。面对貌似比我更懂莎布蕾的海老名，我有种羡慕又不甘的心情。感觉她既是我的朋友，又像是竞争对手。

我和莎布蕾掐着点走出麦当劳，一股潮湿黏腻的空气扑面而来。

我们去便利店买了饮料后来到巴士总站。这里陆陆续续有巴士出发，明明已经临近深夜，车站还是人满为患，不少乘客的行李远比我们的多，一脸疲惫地等着巴士。

我以为会坐这种车的都是像我们这样囊中羞涩的学生，白领们理所当然是用新干线之类的交通工具。没想到也有穿着西装等巴士的上班族，甚至女性乘客也不在少数。

害怕错过广播，我和莎布蕾也尽可能减少闲聊，专心等车。很快，我们要坐的巴士就响起了上车通知。终于要出发了……我们两个走向巴士，电子车票都在莎布蕾手上。

除了乘客阶层之外，此时又碰到了第二件出乎意料的事情。我们把行李存放到行李舱，从车门刚踏入车内便被里面的安静程度惊到了。或许是和社团同学坐车时给我留下的印象太深刻，我以为肯定有很多结伴而行的乘客，车里在熄灯前都会是闹哄哄的。刚才等车的时候，我和莎布蕾还讨论着熄灯后最好不要说话，结果从上车门开始就根本没有让人大聊特聊的氛围，倒显得我们有些好笑了。

最后迎来了出发前最令我始料不及的第三次震惊，甚至不知该说是幸运还是不幸。

自从一周前听到莎布蕾说"我旁边有个空位"，我就开始幻想——坐到她旁边，我们 T 恤的袖子会一直蹭到一起，脚下也要彼此注意不能碰到对方……最终这些都成了妄想。因为巴士车内的三列座位全是独立分开的。

想当然，我的第一个念头便是可惜，不过实际上这样倒是最好。明天到地方后还有一段路程要走，在巴士车里又不可能发生些什么，如果一直紧张兮兮的弄得精疲力竭，那就麻烦了。强调一下，我可并没有想要做些什么啊。

我坐到自己的位置，把便利店的袋子挂到前排座椅后面的水壶架上，随后看向右边的莎布蕾。她从装零碎物品的腰包里拿出矿泉水瓶插进水壶架，扭头和我四目相对。

"好安静啊。"

莎布蕾压低了声音，和我有着同样的想法，这让我那因车里莫名的紧迫感而冒出的不安有了些许缓解。

"我还以为熄灯前会很热闹呢。"

我也悄声说道。我们的座位中间还隔着过道，然而车里静得连这样小的声音都能听清。

"是啊，我感觉自己出生前说不定就是待在这样的地方。"

她又说了奇怪的话。不过稍微思考，我便恍然大悟。估计是和这趟旅行的主题有关，而且莎布蕾或许是联想到了在妈妈肚子里的感觉——狭小昏暗，周围几乎全是灰色。

"一定要形容的话，我觉得像是被某种生物吃掉了。"

"确实也很像，总之都是徘徊在生死的交界处。"

莎布蕾描绘了一个带有幻想色彩的场景。这时，前方传来车门关闭的机械音，仿佛是决定了我们不知会走向何方的命运。

驾驶席开始广播，通知了目的地和休息区，还有一些注意事项。听起来果然是提醒了熄灯前最好也减少交谈。而且为了旅途更加舒适，广播里还提到"可在熄灯后放下躺椅的椅背"。

每当巴士停下有人上车时，这段广播就会循环播放。我一直担心旁边会来棘手的乘客，最终左边坐了一位戴着耳机像是大学生的男生，后面则是一位头上包着毛巾看着像体力劳动者的小哥。莎布蕾的运气比较好，到了最后一个乘车点后面的座位也没人坐过来。她一边看着我一边双手合十点了下头。想必不是意味着"我要开动吃饭了"，那么是在表示"对您的情况深表同情"？这个动作或许也和此次的旅行主题有关，假如真是这个意思，那她可太讨厌了。一定不是我想的那样……我在心里祈祷。巴士上了高速后，我回头看向后方的座位。

"不好意思……"

毕竟是第一次坐巴士，保险起见我还是选择了礼貌为上。

像是体力劳动者的小哥没有无视我，他从手机上抬起目光看了过来。

"熄灯后我能把座椅放下来吗？"

看他的外表，我心里有点打鼓，生怕他直接怼我一句"敢瞧不起我吗小鬼"，而且以我的性子禁不起挑衅。结果我担心的事情并没有发生，小哥手掌往前一伸让我随便放，紧接着又看起了手机。

"非常感谢。"

道完谢，我下意识看向莎布蕾。她两边嘴角高高翘起看着后座的小哥，好像是在用目光表达谢意。

车上人一多，沉默感层层叠加，这样的气氛更加让人难以开口聊天。高速外面传来的噪音逐渐形成固定的频率，说句奇怪的形容，车里似是成了一个无声的空间。

眼下这段时间不就和单人旅行无异吗。

我很好奇莎布蕾的想法，于是向身旁看去，只见她不停地在手机上输入着什么。熄灯后最好连手机都不要玩，她可能是趁现在赶紧回消息吧。这会儿我其实没有必须处理的消息，不过还是下意识拿起手机查看。

不知为何，旁边的莎布蕾给我发了信息。

"你用什么软件听歌？"

我瞥了一眼莎布蕾的侧脸回道。

"苹果音乐！"

"闲着也是闲着，我们把平时听的歌曲创建一个歌单互换一下怎么样？要是你有其他事情做的话也没关系！"

还附带了一个小熊吃苹果的表情包，我秒回了一个举着OK牌子的小狗表情包。我没想太多，只是对莎布蕾最近听的歌曲很感兴趣。

我没有立刻打开音乐软件，先回想了下自己最近都在听什么歌，再从线上歌曲库里找出来加入播放清单。把歌曲排成列表后我才意识到，自己听的都是些时下热门的歌啊。

　　其实也不意外。我平时对于音乐没什么讲究，有时候从电视上知道或者朋友推荐了就听听看，觉得好听便会反复循环。我的习惯也不会妨碍到别人，不过莎布蕾想要以这种方式打发时间，大概并非是在期待这样的结果。

　　"抱歉，我听的都是些流行音乐。"

　　发了信息之后，很快收到了回信。

　　"完全没问题。"

　　一张猫咪比着 OK 手势的表情包发了过来。其中包含有多少真心暂且不论，有了这话至少让我稍微放心了些，这时她又接着发来了信息。

　　"为什么要道歉？"

　　这很莎布蕾……我笑着心想。

　　我很乐意回应这种莎布蕾式发言，但也知道有些人嫌她的性格麻烦。因此当很多人聚在一起时，如果莎布蕾说出这种话，我就会若无其事地将话题扯开一点。现在连我的聊天框里只有我一个人，让我说多少都愿意。

　　"我听的可能都是你知道的，没什么新歌能安利给你，所以觉得很不好意思。"

"原来如此。"

停顿片刻，我又收到了莎布蕾的信息。

"不管多么出名或者小众的歌，所有人喜欢的部分或者理由应该都有些细微的差别吧。只不过都被划分成了'帅气啦''感动啦'这种概括性的词。"

划分……在我思考这句话的意思时又来了信息。

"我会听听你喜欢的歌，明天要把你喜欢的理由告诉我哦。"

"我也会听的，期待你的理由啊。"

回复完，我看看身旁。莎布蕾也正看着我，大大的嘴巴笑出了一口白牙。喜欢的女孩想要了解我的想法，明天还能和她聊天……这些都让我和露出灿烂笑容的莎布蕾一样开心。

她很快发来了歌曲清单，我大致浏览着，突然车里响起了熄灯广播。我和莎布蕾互相说了句"回头再聊"，接着拉起窗帘放下了躺椅。

我塞上耳机播放莎布蕾的歌曲清单，首先听到的是名为ZOOKARADERU①乐队的歌。

---

① ZOOKARADERU 是一个北海道札幌出身的三人摇滚乐队。

漫漫长夜的旅程就在这首歌中拉开帷幕，比我想象的更加平稳平静。

我做了一个很真实的梦——梦里，同班同学兼住宿伙伴的海老名质问我"你喜欢莎布蕾哪里？"就在这时，巴士停在了服务区准备休息。神奇的是，我在刚到达服务区停车场的瞬间便醒了过来。而这个现实感拉满的梦境导致我的心跳加快。我平复了下呼吸打算去趟厕所，于是拉开了右边的窗帘。莎布蕾座位上的窗帘已经是敞开的状态，人也不见踪影。她已经起来了吗？速度还真快。

我拿上所剩无几的矿泉水瓶下了车。正值深夜，气温自然有所下降，可空气依然闷热潮湿。下车后我伸了个懒腰望向天空，强烈地感觉到自己站在了一个与日常生活截然不同的地方。停车场里还停了好几辆其他巴士和轿车，人比我想的要多。

扔完垃圾从厕所出来后，我在旁边的自动贩卖机上买了一瓶茶水。然后开始寻找莎布蕾的身影，多亏了她那身个性十足的衣着，让我在这么暗的环境里也很快看到了目标。她正望着一个画着巨大地图的招牌，展开两条胳膊伸了个懒腰。

"辛苦了。"

走近后打了招呼我才发现，莎布蕾后脑勺的头发翘起来了一撮。这样睡出来的标准乱发，在她身上真是难得一见。

"好久不见啊，咩咩。"

莎布蕾整个身体转了过来，和我四目相对。

明明就坐在旁边却看不到她，只能靠感觉意识到她的存在，这样反倒是让我的印象变得更加深刻。就好像在炎炎烈日中跑步时脑海中浮现出的运动饮料的滋味。

我喜欢莎布蕾的长相。

当然，除此之外还有其他理由和契机。不过长相也是我喜欢她的部分之一——我对着不存在于此处的某个朋友回答道。

莎布蕾应该并不是大众眼中那种长得超级可爱，或者身材特别好、穿搭特别时尚的女生。这样说对莎布蕾有些抱歉，但她确实有所不同。

那张讨喜的脸蛋、纤细的身形、略显奇特的服装、白皙透亮的皮肤，种种元素组合而成的平衡感，正好是我喜欢的模样。然而刚入学时我并没有这种感觉，也许后来莎布蕾的长相，又或者是我的喜好发生了一些变化，最终让我意识到了自己的情愫。

深夜能看到自己喜欢的女生，心思简单的我只是这样便感到精力和体力正在慢慢恢复。

"莎布蕾，你有一撮头发翘得厉害。"

"哦？真的欸，算了，明天再收拾吧。你看起来还好。"

莎布蕾也检查了一下我的头发，给出了合格评价。

被她盯着的时候，我突然好奇她对我的长相是什么看法。其实也并非突然，我一直隐隐有些在意，但又不可能直接问她。我们基本上只是朋友，和外表没什么关系。说起来，有一次班上同学说我很像没了卷发、身材结实、晒黑版的星野源^①。不过这压根儿就不是星野源了吧。

"之前还说可能睡不着，结果比我想象的睡得还要香啊。你呢？"

"我也是，不过感觉没睡太熟。"

---

① 星野源，日本著名演员、歌手、作家。

我记得曾经看到说，人在做梦的时候不属于深度睡眠。

"深夜服务区的氛围竟然这么好啊，好不容易睡着了，这下子又有点兴奋了。"

"我懂，有一种强烈的跳脱日常的感觉。"

"是吧，感觉像是冒险开始了，又好像除了这里其余的世界都灭亡。还好我不是独自一人，这种激动的心情能立刻分享出来。"

"你一个人貌似也能嗨起来啊。"

"你不在的话，我估计会给海老名发信息然后被她嫌弃。毕竟我这人一高兴了立马就想和别人倾诉，所以我要替她谢谢你。"

"让她本人说呗。"

这时间段加上昏暗的天色，还有身体深处挥之不去的困意驱使着我露出了一个浅浅的笑容。其实我们可以讨论一些有用的话题，比如怎么做便于入睡。然而我和她仅仅是看着地图，说了几句"才走到这儿啊"之类的闲话便到了出发时间。回到巴士坐到椅子上，我才有些后悔，要是能对她说点更有意义的话就好了。

汽车重新出发，我一直在琢磨下一个休息区要对她说的话，结果这次迟迟未能入睡。我感觉现在的姿势睡着不舒服，于是微微调整了下，最终找到了一个安稳的状态。可很快对新的姿势又腻了，只能再次小幅度换动作，试图让身体摆到正确的位置。就这样不停地挪来挪去，一眨眼就过了一个小时。我想起了莎布蕾说过的话，在蛋里蠕动着等待破壳而出的生物也许就是这种感觉。一个个座椅、一扇扇窗帘，好似将每个人封进了壳里……蓦地，我的心里涌现出些许类似于孤独的感觉。

莎布蕾就在我身边，可我却不能同她说话。她已经睡了吗？

我既希望她能好好睡上一觉，又希望她能和我一起因为睡不着而烦恼。

既然没法确认，我干脆听起了莎布蕾推荐的歌曲，说不定她的脑海里，抑或是梦中也有这些旋律流淌。若是奇迹出现，或许我们还能共享同一首歌。反正，我现在也无事可做。

我的记忆止步于第三首歌。

莎布蕾挑的歌催生了我的困意。不是说无聊，而是歌单里有很多曲调平缓，或者是有钢琴伴奏的音乐。

再次醒来时，巴士又正好到了服务区休息。我拉开窗帘打算出去伸个懒腰，只见莎布蕾座位的窗帘还紧闭着。耳边有些细微的声音，但我刚睡醒的脑袋还迷糊着，分辨不清是她的呼吸声还是巴士的声响。

下了车，天空已然依稀泛白。随着旅途一路向北，气温也逐渐下降。这里没有上一个服务区人多，车辆和卡车倒是不少。

我使劲伸直了后背活动下身体，顺便去了趟厕所。

之后在停车场里看了一圈，想找找莎布蕾有没有下车，接着又去特产店和像是美食广场的区域转了转，但都没有她的身影，无奈之下带着失望出了建筑。这时我看到外墙的一端有几台自动贩卖机，遂决定去买罐咖啡。

那里还有一处很小的吸烟区。之所以没能从远处一眼看出来，是因为这个吸烟区几乎是完全露天，只放了个灭烟桶，看上去是几个人围成一圈在那里抽烟。

走近后我才发现，吸烟的人里还有后座那位像是体力劳动者的小哥。他定定地望着停车场中的一处。我有些好奇他在看什么，忍不住也停住脚步看向同一个方向，谁知并没有什么特别之处。搞什么啊……我收回了目光，结果却和小哥四目相对。

我并没有做错什么，一下子移开视线会显得很奇怪，于是我像在学校里和其他家长擦肩而过时那样轻轻颔首。原以为他肯定会无视掉，至多不过是挥挥手充当回应。

结果小哥直接将抽到一半的烟扔进灭烟桶，朝我走了过来。

什么情况？

"你是学生？"

"嗯，是。"

别是要威胁我吧……

最近几年，我的个子见长，身材也在社团里锻炼得越发健壮，本以为自己不是那种会被人纠缠的类型，因此一时间有些发怵。

"暑假旅行啊，真令人羡慕。"

难不成我不该在调座椅时那么礼貌地征求意见？说不定反倒弄巧成拙，被他当成是好欺负了。我有点懊悔，没承想小哥并没有一把拽起我胸前的衣服，而是转了身体。

随后一指自动贩卖机。

"喝咖啡吗？"

"甜的行吗？微糖？热的？冰的？"对方抛来一连串问题，我顺势回答了之后，手里很快被塞了一罐咖啡，没过几秒又被递过来一罐。

"这是给那个女孩的，她不爱喝的话你自己喝了也行。"

"这个……"

"我请客，碰巧同乘一辆车，你们这样的学生还是让大人来出钱吧。"

我不清楚他这么做的原因。不过社团里的前辈告诉过我，被年长的人请客时不能太过客气。

"谢谢，那我就收下了。"

老实说，我很纠结该不该收下莎布蕾那罐，不过由我来处理确实是最方便的。小哥又买了一罐咖啡，估计是他自己的。

我拉开咖啡罐的拉环喝了一口，冰凉略带甜味的液体滑过喉咙："真好喝。"一方面确实是口渴了，另一方面是除了道谢以外，要说还应该做些什么，我觉得就是让对方听到这句赞叹。

"你经常坐夜间巴士？"

"没有，今天是第一次。那个……您是因为工作？"

"不是。"

我一直以为他是体力劳动者才问了这么一句，结果小哥摇了摇头。仔细一看他的面孔，我猛然发现他的年龄也许不适合再被称作小哥了。而且很难想象只比我们稍大一点的人会这样自然地请初次见面的学生喝咖啡。

"我爸在老家身体突然不行了，他们叫我回去。我还是头一次这么急匆匆地跳上夜间巴士。"

"这……"

我一下子想不出恰当的回应。"节哀顺变"肯定不对，"深表同情"也不对，或许是"致以慰问"之类的？

"抱歉抱歉，在你们愉快的暑假旅行中说这种话。"

"没事。"

"上车吧？"

小哥看了眼手表说道。休息时间短暂，没能给我机会想到合适的回应。

我们一起走向巴士，一路无话。回到巴士前，我再次对小哥点头致谢："非常感谢您的咖啡。"

"不客气。"

我以为谈话到此为止，结果他发出了一声似是咳嗽似是失笑的声音，又说道："其实，我是想着对别人好一点，说不定会积些福报，让我能顺利赶上。所以你不用太在意。"

不待我回话，请我喝咖啡的小哥便径自上了巴士。

我站在原地思索这话该如何理解，后来的乘客倒是先我一步上了车，我这才回过神来爬上巴士。后座的窗帘已经拉上了，右边的座位也是。

坐下后，我也拉好帘子。关门声伴随着降低音量的广播声一起传来，巴士再次启动。

我感觉身体被全然压在靠背上，脑海中不停思索刚才那句话。

我这么想可能有些草率，不过……自己或许听到了一句很宝贵的话语？

回头分享给莎布蕾吧。

比起那些全是悲伤的事情，这应该要好得多。

我把给莎布蕾的罐装咖啡插进水壶架。

等我再次醒来时，后座的小哥已经无影无踪。

我们在铁路车站前下了车，拿回了各自的行李，目送着彻夜行驶散发着昏昏欲睡气息的巴士渐行渐远，随后莎布蕾整个身体转向我。

"终于到了，可真漫长啊——"

"后半程你一路睡过来的吧。"

"就算使用了瞬移还是好长一段路啊。你没睡吗？"

"时睡时醒的，还发生了一个小插曲打算待会儿和你说。"

我攒了不少话想和她说，不过首先要前往我们事先查到的第一个目的地。

这个车站本身不大，看起来也不是那么繁华。然而步行五分钟的地方就有温泉设施，对于我们这种旅行人士来说倒是及时雨。那是一家带有大型洗浴中心的商务酒店，从早上就开始营业，可以只洗浴不住宿。我们决定在那儿洗个澡。

"好凉快啊。"

"似乎差了八度左右呢。"

在车上的时候，无论走过多少路程，眼前的景象——太阳、地面的混凝土，还有巴士车内部，看起来都一成不变。然而，下车后气温的差异让我真切意识到自己已身处远方。

我们跟着手机导航走了一会儿便看到了那栋沿街而立的建筑。如同先前在谷歌地图上搜到的一样，入口旁边还有一张吉祥物的插图，上面人物的大脑被挖成了一个温泉，看起来有点可怕。

室内充满洗浴中心的氛围，我在社团外出比赛时也和同学们一起去过类似的地方。

"上一次来这种地方，还是小时候和家人一起来的。"

家人后面，紧接着就是我……连这样微不足道的顺序都能令我感到开心。

我们把鞋存放到鞋柜，在前台分别付了 450 日元。对于没有在打工赚钱的我们来说有点肉疼，不过从住宿费的角度考虑倒也划算。我们借了毛巾等洗浴各种用品，按照前台阿姨的指引从一旁的楼梯走上二楼。地板上铺了地毯，每次落脚都会发出摩擦声，踩上去很舒服。

"那你慢慢洗啊，我还要吹头发之类的，肯定比你花的时间多，不好意思啦。"

"行，我会好好泡一泡的。"

和莎布蕾分别后我走进更衣室，很快脱了衣服。长时间保持同一个姿势，身体都僵硬了。我一边伸展胳膊一边打开了浴室的玻璃门。

早上泡澡真是舒服。宿舍的公共浴室规定了从傍晚开始才能进，所以我很少能在这种时间泡澡。我按照莎布蕾说的悠闲地伸直双腿泡了起来，趁机会难得还享受了桑拿。

即便如此，还是我先来到了一楼的纳凉处，买了一瓶水动乐^①坐在了空桌子旁。

我百无聊赖地看着手肘上被泡得发胀发白的结痂，实在没事做，只好拿起了手机，结果看到海老名发来了不太妙的信息。

"之前我一直忍着没说。"

"还是问问你吧。"

"你喜欢莎布蕾吧？"

信息被标记成已读，真是糟透了。这种功能谁想的啊？

我没有已读不回，也不可能无脑承认。此时只有一个选项。

"哈？"

回复很快变成了已读。

"你陪莎布蕾回她家了吧？"

"是她外公家，和她家不是一个地方。"

"大差不差啦，你这家伙看上她了吧？"

此时我要是坚决否定了，事情也就不了了之。只要我不承认，别人也不可能证明我的心意。但假如哪天要付诸行动时，我不希望一直收到海老名的白眼。海老名就和莎布蕾一样，也是我的好

---

① 水动乐是可口可乐旗下一款注重运动后补水的饮料，以清爽口感著称。

朋友，甚至能用"你这家伙"这样的第二人称称呼我。

在我纠结怎么回复的时候，对面的信息仍然穷追不舍。

"你喜不喜欢都无所谓，老实说我对朋友的恋情之类的真的没什么兴趣。"

海老名就是这种人。

"可万一出什么差错搞得你们闹僵了那就烦死人了。"

太对味儿了。

"所以如果你坦白，我可以给你出出主意怎么搞定莎布蕾。"

海老名有一句名言："对我没好处的事儿一概不帮。"我都不知道她怎么能那样大言不惭地说出来。

这次她会给我发信息也是出于这种想法。恋爱什么的她不管，可要是朋友之间的关系破裂会影响她的心情，所以才来询问。

点头也好，否认也罢，我都很难立马做出回答，因此我发了一张睡觉小狗的表情包，很快收到一张长颈鹿冒着对话框，里面写着"宰了你"的图片。这种图片怎么搜到的啊。

"久等啦。"

"我也刚出来。"

"是吗，太好啦。"

　　漫画之类的作品里或许会出现"看到女生刚洗完澡的模样非常开心"这样的描写。遗憾的是，对于我们这种住宿生来说并没有这种激动之情。准确来说是被磨灭了。像是众人在考试前占用食堂召开自习会，又或者是每年在晚上组织的圣诞节等活动，这种时候同学之间刚洗完澡的样子随处可见。睡醒时的模样也是同样，所以今天早上看到莎布蕾睡眼惺忪的样子，我也没有太特别的感觉。

　　住宿生之间的友谊再前进一步，就会往家人靠拢，我感觉莎布蕾也是因此才会毫无顾忌地邀请我。我不敢奢望她其实是喜欢我。

　　莎布蕾穿的还是那条五颜六色的半裙，只是 T 恤从黑色换成了粉色，脖子上挂了一条橘色的毛巾。我则是裤子没变，只换了T 恤和内裤——全都是从黑色换成另一套黑色。

　　"女澡堂里有个小孩子跑来跑去摔倒了哇哇大哭，吵吵闹闹了半天。"

　　听到莎布蕾突然提起的意外，我有些担心。

　　"欸，没事吧？"

　　"嗯，貌似没撞到脑袋。我感觉当妈妈真是不容易啊，把孩子看得和自己的性命一样重要，可这么一条生命却有自己的想法，经常擅自行动。"

这种说法听得我咋舌，可转念一想也的确如此。

"毕竟多了一个软肋嘛，或者说靶子。"

莎布蕾的目光落在我脸上。

"靶子，很形象的说法。"

"欸？是吗？"

我只是把心里的感觉描述了出来。

"不过仔细想想确实是这么回事，生命是被这个世界瞄准的靶子……这样说会让人涌现出保护欲呢。"

我刚才生怕自己一个不小心说错了话，但莎布蕾表现出的共鸣却抚平了我的担忧。

既然说到了亲子话题，此时顺势聊起休息区的那个插曲再合适不过。但很不巧，莎布蕾突然站起来去附近的自动贩卖机买了一瓶咖啡牛奶。

"哎呀，好喝！这不仅仅是形式之美呢，洗完澡后的咖啡牛奶确实好喝。"

"形式之美是指约定俗成的事情之类？"

"没错没错，电视剧或者电影中在澡堂里来一瓶咖啡牛奶，感觉就像是一种仪式。"

"我也买一瓶吧。"

我站起来在同一台自动贩卖机上买了和莎布蕾一样的饮料，拆了塑料包装和盖子扔进垃圾箱后回到了座位。我早就知道洗完澡后来一口咖啡牛奶有多么美味，这次一喝似乎比平时的味道还要浓郁。

"对了……"

万一被她觉得我是提前准备好了聊天内容，看上去一副兴致盎然的模样，那就有点难为情了。因此我加了一句"对了"当引子。

"刚才我说有个小插曲想告诉你，也是有关亲子的话题。"

"嗯，说吧说吧。"

"巴士上我后面不是坐了个像是体力劳动者的小哥吗？"

"他是这种职业吗，我以为是开拉面店的。"

"也有这种可能。"

我和莎布蕾都只是从那人头上裹着毛巾和粗糙的气质做出的判断，实际情况无从得知，不过哪种职业其实都无所谓。

"你在车上睡觉的时候，我和他在服务区聊了几句，结果他请我喝了咖啡。我跟他道了谢，他忽然对我说自己的父亲身体一下子垮了，如果友善待人也许能有福报，说不定还能来得及挽回。"

"哦……"

莎布蕾发出一声感叹，接着似是陷入了沉思，一动不动地盯着眼前的咖啡牛奶瓶。不该说"似是"，她的确是在沉思，这副表情我经常看到。

在莎布蕾思考的间隙，我完全有时间从包里拿出那罐咖啡递给她。但我并没有这么做，事实上之后我也没有打算给她。

"会有这种事吗？"

"类似许愿吧。"

"听到他这么说，你是怎么想的？"

我看着莎布蕾的脸想了想。

"我们在比赛前也会跑到很远的神社参拜，但还是会有输的时候。所以我觉得这和他对我好不好没什么关系。"

"确实，虽然俗话说好人有好报，可大概也不会这么快就应验。"

"没错，但是不管去没去神社我们都想赢下比赛，同样的，就算没什么关系我也希望那个小哥能来得及。"

"这话说得不错。"

这一刻能看着她的面容畅谈，让我很庆幸，自己和暗恋的女孩并非相隔万里。

如此才能近距离地看着心上人大大的嘴巴翘起嘴角，用眼睛记录下她露出最美好表情的瞬间。

"那你觉得呢？"

莎布蕾喝了一口咖啡牛奶开口："我和你的想法有些出入，我感觉被迫背上这么重的担子，可你也无能为力啊。万一未来知道了那人没来得及或是怎么样，我有点担心你会不会耿耿于怀。"

也就是说莎布蕾是会很在意的，听她话里的意思是这样。

"我没那么敏感，没关系，反正对方是谁都无所谓。"

"那我更觉得不必多此一举告诉自己做好事的对象啊。不过也不好说，如果站在同一立场上，兴许我也会说？可能只是我对人类还没有足够的想象力吧。嗯……"

莎布蕾看着天花板喃喃自语，独自烦恼着。刚才好看的笑脸已然消失无踪。

这也是莎布蕾的作风。有时，她会自顾自地为自己冒出的想法和言论感到纠结，闷闷不乐，怀疑自己的想法对不对，或者自己会不会是个很冷漠的人，等等。

但我觉得不用担心，至少冷漠的人本身是根本不会注意到这点的。就像海老名，完全没这个意识。

"我觉得也许只是我们不懂吧，虽然我叫他小哥，不过他貌似也年龄不小了。"

"这样啊，可能吧。"

"回头和你的亲戚们聊过后，说不定能明白点什么。"

"是啊，我们能做的只有保持思考吧。"

莎布蕾重重点了点头。这副妥协之后下定决心的模样，我也偶尔能看到，是我觉得莎布蕾最好看的表情之一。

可非要说的话，我还是更喜欢她的笑容。

"早饭吃什么？"

"对哦，我肚子都饿扁了，你提醒得刚刚好。"莎布蕾笑着说道。

然而我知道，她并非看起来这样天真烂漫。尽管现在开心地聊起了早饭的话题，但我很清楚，她并没有忘记刚才的呢喃。

我有一种感觉，莎布蕾会不断地给自己的思想增加负担。

这就是她与生俱来的秉性。

既然如此，我自然是不能给她增加多余的负担。

如果莎布蕾像其他人那样单纯，我会立刻将小哥托我转交的咖啡给她，减轻自己的行李。不把咖啡给她，绝不是出于我想捉弄喜欢的女孩这种幼稚的理由，而是我不想在莎布蕾的心中留下抹不去的芥蒂。所以这罐咖啡完全可以等一等再交给她。尽管这仅仅是一种自我满足，但我觉得这是我能为她做的为数不多的特别之事。

这么看来，那些好意、关心和体贴的原因，也许的确不应该告诉对方。

我对莎布蕾的想法产生了共鸣，不禁重新思考起那位小哥的行为是否正确。

车站附近有一家早上就开门的拉面店。莎布蕾和我都是一起床就吃得下拉面的人，为了赶上三十分钟一班的发车时间，我们俩匆匆忙忙吸溜完了拉面，跳上了浅蓝色的电车。

车内空荡荡的。可能是正值暑假的缘故，车上有两个带孩子的家庭。我们上车后在紧挨着门口的地方坐下，中间隔了有一个人的距离。

"大早上就吃到了一碗超级满足的拉面呢。"

"是啊，我应该来个大份的。"

"我外公估计会铆足了劲儿准备午饭，还是留点肚子吧。毫不夸张地说，你这次的任务就是连我的那份饭也吃个精光。"

"这是社团里的前辈会给我布置的要求吧。"

据说莎布蕾妈妈那边的亲戚都是女性，众多表亲里貌似只有一个男的。听莎布蕾说了要带我来之后，外公还扬言要让我吃到肚子滚圆。

宝贝外孙女说是要带朋友回来，结果是个男生。对于她外公的心情，我原本是有些胆怯的，不过听到这话总算放心了。我家也是一样，爷爷奶奶就喜欢劝饭。

电车开动，渐渐驶离车站，窗外的风景也不断变化。"来到乡下了呢……"正当我冒出这句朴实的感想时，身旁同样传来了直白的感叹。

“咩咩，你穿了一身黑啊。”

“你才发现？”

“一只黑羊啊。”

“啰嗦，那你还银鸽子呢。”

“是魔术里会飞出来的那种。”

我和莎布蕾这样并排一坐，确实更加凸显了彼此衣服的朴素与华丽的对比。这样类似刻意搭配出的效果反倒让我有些难为情。

“我的衣服也不是全黑的，不过没有像你那样华丽，又是银色又是彩虹色的。”

“我喜欢色彩斑斓的衣服嘛，但这个不是彩虹啊。”

莎布蕾捏起堆在大腿处的裙子布料，上面都是彩虹会用到的颜色，红色、橘色、黄色，这不是彩虹色吗？还是有其他专门的称呼？我不是很懂时尚术语。

“你看，每种颜色的边界都画了线做区分啊，所以不是彩虹。彩虹的话颜色更加模糊，是渐变的样子。”

“好细节啊！这么讲究的吗？”

“是啊，我很喜欢那句名言——彩虹并非七色。”

“意思是颜色更多？”

"有颜色更多的，也有更少的。"

感觉莎布蕾又说了句有点难懂的话。她口中的那句名言，至少我从没听其他朋友或者家人说过。我对这种莎布蕾式的发言来了兴趣。

"虽然日本说彩虹是七色，不过不同的国家、文化和语言也有不同的说法。有些地方说彩虹是八色，也有人说是六色，貌似甚至还有说是两色的呢。事实上，彩虹的渐变色是一点点变化的，根本数不清有多少颜色。生活在不同地方、使用着不同的语言、受到了不同教育的人们似乎仅仅是以自己的想法对彩虹的颜色种类做出了判断。所以比起这条五颜六色但颜色变换明显的裙子，没准儿 T 恤上的粉色，或者银色更接近彩虹呢。"

"原来如此，那如果所有的颜色几乎都混在一起，是不是在某些人看来也是彩虹色？"

"是啊，这都是凭个人感觉来的，实际上光线混合起来貌似是白色的。就像我刚刚说的那样，我特别喜欢这句话。有种一切都能由自己来决定的感觉，很自由。"

这样一句话从她嘴里说出来再合适不过，毕竟她的昵称就是源于空中的飞鸟①。对我来说也是一种莫大的收获，因为今后只要看到彩虹，我就会回想起今天的这一幕。

不过，当我顺着莎布蕾的观点联想彩虹时，心里又浮现出了另一种不同的想法。

"那种出生在认为彩虹有许多颜色的地方的小孩子真不容易，画画的时候得用一堆颜色啊。"

"这不也别有一番乐趣吗？"

"喜欢绘画也就罢了，要是不喜欢，我感觉在他们眼里彩虹代表的不是漂亮，倒是个大麻烦。要是从一开始教给大家的就是不管有多少颜色都是彩虹，那就好了。"

莎布蕾啪地拍了下自己的大腿。

"咩咩，这话说得好。"

"噢，收到了夸奖。"

其实莎布蕾经常夸人，这次我只是偶然做出了回应。

"我从没想到过这个角度。自由这东西，运用起来还是挺难的啊。"

①莎布蕾的名字是鸠代司，鸠是鸽子的意思，而做成鸽子形状的莎布蕾饼干是镰仓的特色伴手礼。

运用自由……长出能在空中飞翔的翅膀固然开心，可在日常生活中却有些碍事——也许是指这种感觉？

"不过还是自由好啊。"

"嗯，还是自由好。"

说完，我们两个沉默下来，同时望向窗外的风景。至少在这几秒钟里，我感到自己非常自由。

乘坐电车的一路上悠然自得。人少不说，中途还看到了大海等风光，我甚至愿意永远坐下去。但实际上总共才用了大概四十分钟，比坐夜间巴士的时间要短得多。其间我们聊了聊昨天的歌单，闲扯着一些漫无边际的话题。可对我来说，和莎布蕾之间的每一言每一语都显得无比珍贵。就这样不知不觉到达了离莎布蕾外公家最近的车站。

说是最近的车站，但这里和城市不一样。出了检票口，距离目的地还要走四十分钟。没有往那边去的公交，打车的话……很遗憾，我们也没有那个钱。

"其实可以拜托外公来接我们，不过上午他好像要和钓友们喝茶，我就让他去聚会了。"

"没事，我走得动。"

说完，我们出发前往目的地。一般的距离我都不在话下，身边有莎布蕾在，那就更不能示弱。

车站前异常宽广，换句话说就是空无一物。我让莎布蕾领头，朝着她说的方向走去。路上零星坐落着几栋看着像是公司的四方建筑物，其中孤零零地冒出来一家寿司店。这里为什么没有便利店，却有寿司店？兴许是特别好吃吧。

高层建筑自然是没有，因此天空看着也是广阔无垠。

"还好没下雨。"

"就是说啊。"

我随意表达了下自己的感想，没想到走在前面的莎布蕾也极其赞同。

"一个有家室的成年人，怎么会在天气如此好的地方萌生死亡的念头啊。"

"唔……"

我没能立刻给出恰当的反应。一方面被突然转变的话题吓了一跳，另一方面听到莎布蕾会用天气来定义每个地方，不禁让我有些惊讶。

"你的猜想呢，莎布蕾？"

"我猜应该有很多可能性，但我不清楚哪个才是让他最后下定决心要结束生命的原因，所以我想听听对方的说法。也许结果会出乎我们的意料，其实并没有什么理由。你有什么猜想吗，咩咩？"

"我能想到的就是裁员之类的。"

和莎布蕾相比，我感觉自己的想法十分肤浅，于是换了个话题。

"明天要去的亲戚家也在这附近吗？"

"不，要回到刚才的车站那边。对了，去世的那个人是我外公的妹妹的女儿的丈夫。"

"好远的关系。"

"远吧，我就见过两次，其中一次我还是个小婴儿。"

这种亲缘关系，纵然有外公在中间牵线，可人家竟然真能同意我们去打探丈夫轻生的内情啊……我不禁冒出了疑问。按说别人不会听到我内心的想法，可这个别人要是莎布蕾，估计要另论了。她告诉了我原因。

"我说是课程需要。"

"你这完全胡说八道啊。"

离谱得我都忍不住笑了。

"这样比较方便嘛。我通过外公要到了联系方式，发了信息征求同意，对方回答'如果这种悲伤的事情也能提供帮助的话，欢迎来访'。我感觉她并不是带着那种答应了也无妨的态度，怎么说呢……仅仅是我个人的感觉啊，她好像在积极地向前迈进。"

谈论亲属的死亡是向前迈进？莎布蕾的心思细腻，也许猜的是对的。可就算猜对了，这又是什么意思啊。

"是不是类似你以前说过的不能一味地悲伤，她也不想让丈夫白白死去？"

"一开始我也是这么认为的。我只有一个隐约的猜想，还不知道该如何解释，不过我能先说说吗？"

我乐于听莎布蕾说话，自然永远都会点头。不过又补了一句："要是我把想说的话留到能组织好语言了再说，我是不会提出来的。"

"我可不觉得。"莎布蕾笑着回了一嘴。

"那我说了啊，我在想那位太太会不会仅仅是想倾诉。就好像是大家看到了一个震撼人心的电影结局，想找人聊聊或者是跟人分享，或许类似这种感觉。不过其中的原因我没法解释。"

连莎布蕾都没有完全领悟，刚刚听到这一说法的我自然是理解不了其中的意思和原因。聊电影结局是想要和别人分享心中的惊讶或感动。可我没法和别人分享亲人的死亡，概念完全不一样啊。这会是什么意思呢？

我目前能明白的就一点。

"这些话，你最好还是不要和本人说吧。"

"我怎么可能会说啊。我可是去询问的，万一让人家觉得'实际上想说的是你吧？'那不是找事儿吗，会被赏耳光的。如今这只是一个涉世未深的年轻人的个人想法。"

"你生日是什么时候？"

"九月。"

"我随口一问就赶上你快过生日了。"

"我接受个人名义的礼物哦。"

"看我心情吧。"

"听语气是没这个心情啊。"

不好意思，我从很早之前就开始在期待了。

我只是装作若无其事地随口一问，其实她的生日，我早就知道。莎布蕾会主动提起礼物一事倒是意外之喜。这下子就有了铺垫，方便我个人以今天说过的话为由给她送礼物。

强调个人是因为我们的宿舍有个习惯，会在同班的住宿生过生日时由其他人凑钱准备礼物。我在六月时也从朋友们那里收到了一条漂亮的毛巾。上面都是可爱的小羊图案，让我不好意思用。

有没有什么能轻易表明我的心思又不会让莎布蕾感到困扰的礼物……我边走边想。我们沿路直走，经过了很小的电器店和邮局，不久后来到了一条大街上。莎布蕾表示"据我的调查，再往前走什么都没有"，于是我们暂时离开通往目的地的道路，走向了便利店。

建在大街旁边的这家全家超市，停车场倒是大得出奇。我们走进冷气不太足的店内分头购物。我拿了牙刷和三矢汽水①，这时莎布蕾莫名其妙跑了过来。她的手上握着荔枝味果汁和一个我不知道具体作用，但八成是化妆要用的瓶子。

"过来一下。"

我被她领到了零食区。顺着莎布蕾气势汹汹指着的地方一看，那里仅剩了标价牌，不见商品。

---

① 三矢汽水是日本朝日啤酒公司生产的一种碳酸饮料，以其独特的风味和丰富的气泡而闻名。

"只有开心果卖光了，还有这种事儿？"

近距离看到她这样严肃的表情，我不由失笑。

"多好，你找到同好了。"

"你竟然是这么乐观的人吗，咩咩？我并不认为仅仅是喜欢一样的东西就算是同好。"

"开心果味的巧克力之类的呢？"

"我喜欢的是开心果，不是开心果味啊。还有带壳的也喜欢。"

"下次有机会一起吃的时候我会把壳给你的。"

"你别曲解我的意思。"

莎布蕾一脸惋惜，可没有就是没有，她只能老老实实迈向收银台。走到收银台前的区域时，她还不死心地东瞧西看，想找找开心果是不是被挪到这里了。然而遗憾的是，这家店看起来并没有将开心果单独挑出来卖。

离开便利店，我们打开各自买的果汁，一口接一口地喝了起来。莎布蕾似乎决定了不再纠结心头好卖光了这件事，抬起手指了指接下来的方向。

"那么，准备进入下半场吧。"

我跟在这趟旅途的领队身后往前走，很快就发现莎布蕾提到的调查结果所言不假。

　　长长的柏油路延伸至尽头，放眼望去真的什么都没有。当然，至少有一些民房、田地，还有用铁皮搭起来的像是储物间的小屋，然而没有任何一个能让我们歇脚的地方。我甚至有些担心上了年纪的外公一个人住在这里会不会出事，为什么不搬到生活更便利的地方呢？

　　我出生的地方和如今居住的宿舍周边虽然也赶不上都市，但也不像这里这样空旷。漫步在这种电视上才能看到的乡间风光中让我觉得十分新鲜。

　　不一会儿，我们来到了河边，又沿河继续走。望着阳光之下波光粼粼的河水，跨过了一座短桥，稀稀疏疏的民房随之映入眼帘。那些房屋并非乡下常见的日式住宅，还有不少看起来很新的独栋小楼。

　　"就是那栋。"

　　距离太远，我没看出来莎布蕾指的是哪栋。

　　我们踏上一条砂石路——上面只铺了半截沥青，剩下的则像是中途不想干了一般晾在了那里。随着目的地越来越近，我逐渐意识到那栋枣红色外墙的房子就是莎布蕾外公家。周围与其说是宽阔的院子，似乎更像是一块被划分出来的阵地？房子就坐落在这样一片范围内，旁边还有杂物房和开着门的车库，里面停着车子。外面既没有围墙也没有栅栏，衬得这里有些突兀，像是只有一栋房子漂浮在地面上。而且从砂石路到玄关前的矮梯之间，不知为何还贴着地面拉了两根细绳。

"我外公还没回来。"

"车不是在吗？"

"夏天他都是骑摩托啦。"

"真是硬朗啊。"

骑着摩托到处跑的外公，这可不在我的设想范围内。我爷爷充其量不过是偶尔简单爬爬山，剩下的时间基本上都在自己家客厅里坐着。

"他的身体好像也开始有些小毛病了，还挺让人不放心的。"

"这话可能有点马后炮，不过我在这种时候过来没关系吗？"

"这才正需要你这个劳动力不是吗？对了对了，钥匙在往右数第二个花盆下面……"

莎布蕾像是念叨暗号一般，抬起嘴里提到的花盆。和我隐约猜想的一样，她拿起一把沾着砂子的钥匙向我示意。我看到她的指甲泛着健康的色泽。

"你看。"

"你别告诉我是特意跑到这里来闯空门啊。"

"我打过招呼了。"

莎布蕾就着杂物房旁边的水龙头把钥匙洗干净，利索地爬上只有两层的楼梯，把钥匙插进别人家的钥匙孔开了锁。

一进门便是一股线香的味道，这点倒是和我想象中的老先生家如出一辙。不过室内装修和外观一样看起来很新，地板也是锃光瓦亮。我还以为老爷爷老奶奶家里的地面基本上都是褐色的，踩上去会咯吱作响。看来貌似是只有我们家如此，再加上童年时看过的《哆啦A梦》估计也影响了我对此的印象。

一条走廊从玄关直直向内延伸，中途有关着门的房间和厕所，还有盥洗室。打开楼梯旁的房门是一间宽敞的客厅，连接着整洁的厨房。

客厅中间有一张四人餐桌，莎布蕾把背包放到了桌边的椅子上。见状，我也放下了自己的行李。客厅旁貌似还有一间房间，推拉式的房门这会儿并没有打开。

莎布蕾拉开遮光窗帘，阳光透过纱帘洒落室内，屋子里顿时亮了起来。

"请坐吧，放松下。"

"你当是自己家啊。"

"反正说不定哪天会由我继承。"

"既然有那么多表亲，概率不高吧。"

"实际上外公过世之后房子和地会不会被卖了换钱啊？"

"我这才刚要见他啊。"

莎布蕾可能是看那种有人死亡的电影看多了，对死亡已经司空见惯。不过能用这种口吻说出来，也就证明了她和外公的感情很好，这让我又感到了些许放心。别看我吐槽得轻松，其实紧张得要命。虽说曾经也有过未经对方父母允许就进入朋友家的情况，然而我对莎布蕾的心思可是和对别人的截然不同。

一直站着也不是个事儿，我按照莎布蕾说的坐到了一把空椅子上。木制的椅子上还细心地放了坐垫。

莎布蕾坐到了我对面，我不禁冒出了多余的妄想：假如哪天我们一起生活，想必就是这种感觉吧……结果没两分钟，她就起身离开了客厅。

我很担心她外公会赶在这么不凑巧的时候回来，听到外面响起引擎声时，我甚至在心里捏了把冷汗，好在那声音并没有在房子前停留。

最终虚惊一场，外孙女在房主回来前回到了客厅。

"洗脸池上铺着亮闪闪的瓷砖呢。"

"是吗，你外公很有情调啊。"

"他就是喜欢什么就要追求极致，大概十年前从市中心搬到这里的时候还……"

就在莎布蕾刚要提到一些重要情报时，外面响起了比刚才更沉重的引擎声，这次果然停在了门口。我透过纱帘往窗外看，只见一辆重型摩托上跨坐着一位穿着皮夹克的人。对方戴着全覆式头盔，看不到脸，不过想必就是莎布蕾的外公了。

他的身材比我想象中的更加修长，背也挺得很直。

外公看到房子里的我们……准确来说是看到莎布蕾后抬起手，接着朝玄关走去。

我站起身，惹得莎布蕾迷茫地看过来。

"欸，你要专门去迎接吗？这么乖啊，怎么回事？"

"毕竟擅自进了人家家里啊，我觉得还是去迎接一下比较好吧……"

跟着社团去别的学校参加练习比赛时，我们所有人会一起跑到对方学校的顾问那里问好。所谓的社团学生就是这样培养出来的。

"原来你面对长辈时这么正经吗，咩咩？真是不为人知的一面啊。"

站起来的莎布蕾估计是想打趣我，然而听到她这么说，我倒是有些开心，略微有种"自己是个有深度的人"的感觉。

沿着走廊走到玄关后，大门正好打开。

莎布蕾的外公已经摘掉了头盔，脖子上方的面孔同样和我想象中的老先生模样大相径庭。一头花白的头发梳成了大背头，唇边蓄着整齐的白胡须，仿佛是西洋画中才会出现的人物。

"回来啦，外公。"

"打扰了。"

外公把头盔放在鞋柜上看向莎布蕾，又将视线转向我。那眼神并非随意扫过，而是认真地将焦点定在了我身上。

"我回来了，你就是咩咩吗？"

"欸？"

我现在的心情，就像是看着网球在一个出其不意的反弹后直冲我正脸飞来一样。

"哎呀，我觉得挺好玩儿的，所以只告诉了外公你叫咩咩。"

莎布蕾哈哈大笑。怎么还有这一出啊？

"您好，我叫濑户洋平。"

"幸会，总算知道你的本名了。"

莎布蕾的外公抬起一边的嘴角，对着我们俩露出了一个有点像反派角色的笑容，之后脱掉了手套。随着一个个动作，他的身形轮廓逐渐清晰。我感觉莎布蕾刚才提到的有关这个家的不太吉利的未来，应该还很遥远。

"谢谢你们出来迎接我，不过在这儿站着说话算怎么回事，你们去客厅喝饮料吧。小司，冰箱里放了好多喝的，想喝什么随便拿。"

"OK！"

听到莎布蕾被叫作"小司"，还挺新鲜。如今几乎不会在学校或者宿舍里听到有人这么叫她。用"如今"这个词，是因为曾经有段时间还能听到这个字眼——那时她的昵称叫作"兹卡莎布蕾"，其中包括了"司"的日语发音"兹卡莎"。

莎布蕾按照外公说的转身走向客厅，我向他躬身行礼后也跟了上去。一直在人家门口杵着多不礼貌。

我们打开冰箱，只见各种食材将里面塞得满满当当，还有好多种瓶装饮料。莎布蕾毫不客气地拿了一瓶可尔必思①，于是我决定和她分一半。

从柜子上拿了两个同样干净透亮的玻璃杯后，我让莎布蕾给我倒一杯。看着她的动作，我突然有种发现新大陆的感觉——原来莎布蕾过分介意的性格，面对亲戚时真的不会发作。这样自在地接受他人好意的莎布蕾十分难得。

"你外公好年轻啊。"

我坐在莎布蕾对面喝着可尔必思，直言自己的感想。

"是吗？我不知道别人家的老爷子都是什么样的，不过我外公已经七十多了。"

"不会吧？！完全看不出来。"

"除了骑摩托，他貌似还会去钓鱼和远足，家务也全都要自己解决，可能是因此显得腰板挺直吧。就像草食动物的宝宝生下来立刻就会自己走路一样。"

---

① 可尔必思是一种乳酸菌饮料，不含酒精，也是日本国民级饮品。

　　草食动物的例子合不合适暂且不提，不过莎布蕾的话令我恍

然大悟，我们家是奶奶和爷爷住在一起，老太太精神很好，干什

么都手脚麻利，没准儿爷爷就是因为这样才越来越驼背。

　　"还有别一上来就跟你亲戚说我叫咩咩啊。"

　　"就这么接受的外公也挺厉害的。"

　　正说着，穿着带领衬衫和长裤的莎布蕾外公便走进了客厅。

他站在厨房拿水壶接了水按下开关，接着在原地说道："一路过来

很辛苦吧？尤其是那位小同学，被小司一句'朋友'就带到了这

种地方……"

　　幸好他是以这种姿势开了口，不然面对面说话，总让我觉得

紧张，也不知道他是不是意识到了这样会让我感到轻松一些。以

及尽管我清楚"朋友"这个词不是指"男朋友"，可我的心脏还

是忍不住漏跳了一拍。

　　"没有，我才要说不好意思，突然跟着莎……司同学过来。"

　　"司同学……"

　　坐在对面的莎布蕾捧腹大笑。碍于还在和长辈说话，我直接

无视了她。

　　"反正我妻子也去世了，孤家寡人一个，完全没关系，让两

个小辈留宿的地方还是有的。"

和莎布蕾不同，外公能这样不假思索地提起死亡，也许是因为年事已高看淡了生死吧……我正这么想着，他的下一句话却让我对祖孙俩之间的关联有了进一步的认识。

"说起来，我该怎么叫你？虽然濑户洋平是你的本名，不过如果你对于咩咩这个称呼更有认同感的话，我是不是也叫你咩咩同学比较好？"

这种兜圈子的说话方式，莎布蕾和她外公简直不要太像。

可能是因为基因遗传，也可能是因为莎布蕾从小就和他耳濡目染，然而无论怎样，他们两人有相像的地方都是再正常不过。但我发现自己似乎不太希望莎布蕾受到别人的影响，或者应该说，我想让她保持自我。

"啊，对于你的认同感，我也很好奇呢。"

"认同感？"

"大概是……自我认知吧？你觉得应该叫你什么？"

听到莎布蕾的解释后我思索了一下，感觉还是要看人吧。

"我是都无所谓，那就叫濑户吧。"

我只是单纯觉得被朋友的亲戚叫昵称很奇怪。

"行，请多关照了，濑户同学。小司呢？如果你喜欢莎布蕾这个称呼的话，我也这么叫你？"

"别了，被外公叫莎布蕾也太难为情了。"

"既然你这么想，那也不要只跟别人说我叫咩咩啊。"

莎布蕾笑了起来，这时水也烧开了。莎布蕾的外公泡了杯咖啡，香味盈满了整间客厅。

外公端着杯子从厨房出来走到莎布蕾旁边，在我斜前方的椅子上坐下。我们各自的行李刚才已经在莎布蕾的提议下放到了地板上。

"你们两个饿不饿？"

每家的爷爷似乎都喜欢关心小辈的肚子。

"我还不太饿，大概两个小时前才吃过拉面。"

莎布蕾毫不客气地回答，我附和着表示自己也是一样。可事实是，一碗拉面根本不够我吃，我已经有点饿了，但我自然不能表现得比人家亲外孙女还要贪嘴。

"话虽如此，年轻人光吃拉面肯定饿得很快，再过一个小时左右我就给寿司店打电话吧。濑户同学喜欢吃鱼吗？"

"啊，嗯，喜欢的……"

虽然我觉得不应该过于客气，但说出口后又有点纠结，是不是应该补上一句不需要吃这么高档的食物……莎布蕾的外公似是从我的欲言又止中猜到了我的想法。

"车站前有一家挺便宜，味道也过得去的寿司店。不好意思啊，不是什么价格惊人的高级寿司。"

外公又露出了刚才那个宛如反派角色的笑容。就像我有意识地不给莎布蕾增加包袱一样，从他的言行中我感觉到了同样的心情，不过这么说也许会被人吐槽：你们的熟练程度压根儿不一样还好意思比。

"那午饭前你们就自便吧，也没什么特别的事儿。填饱肚子后希望你们能帮我个忙。"

"是。"

"咩咩，你跟在社团里似的。"

我自己也觉得这么回复像是在参加社团活动。在我的预想中，会让我们干的活儿估计是除草一类，乡下的话还可能是耕田，总之无外乎是些体力劳动。也许是因此，身体才做出了下意识反应。

"只是简单的DIY，不用那么紧张。说起来，濑户同学有在打网球吧？"

"对，学习成绩还算不错，所以收到了现在这个学校递来的橄榄枝。"

"咩咩暑假里也是每天都去社团呢。"

"那真是厉害了，成果固然值得称赞，但这一路走来的过程也很了不起啊。"

"谢谢您的夸奖。"

我的心里泛起了从未有过的感受。

这种事情对于社团里的所有学生来说再理所当然不过，所以平时我从没想过因此而寻求夸奖。然而面对初次见面的人毫不吝啬的赞扬，我突然升起一股自豪之感。原来，那些得不到结果便毫无意义的艰辛与燥热，还能收获别样的称赞。

在朋友之间，我们不会用"了不起"这种词来形容彼此的日常。真希望莎布蕾也能对我专注于社团的样子给予肯定，哪怕只有一点点也好。

实际上，我们学校非体育特招生的同学成绩都很不错。我一直害怕被班里的同学看不起，这甚至无端给我带来了一些焦虑，以至于令我更加在乎莎布蕾对我生活的评价。

"你不会看不起我吧？"这种话我问不出口，我愿意相信她没有这种想法，如今也是深信不疑。

顺便一提，莎布蕾在班里排名中上，她的闺密海老名则是个大学霸。虽说我们是朋友，可像她这样有点坏心眼，学习能力又强的人，总觉得会干出点什么不妙的事情，感觉有点可怕。

"现在的学校竟然能选择研究死亡的课题，你们的课程还挺晦涩难懂的，不过也很有意思。"

话题很快从社团转向了学校。我用"你连外公都骗啊"的眼神看着她，结果莎布蕾还装糊涂说什么"因为我们的校风自由"，外公看起来也没有起疑。

"其他还有什么课题？"

面对这种顺势而来的问题，我很期待莎布蕾拿什么回应，于是等着她开口。毕竟撒谎的又不是我。

"我的朋友做过缔结良缘方面的研究，就是如何为生活在一个共同体内部和外部的人牵红线，跨国婚姻之类的也会涉及这点嘛。"

你别毫无边际地美化自己朋友干的缺德事啊！这回我真是服了，一脸无语地看着莎布蕾，她冲着我的目光耸了耸肩。大概是因为这些话并不完全是在撒谎，外公依然没有露出怀疑的样子。

接着，我们自然而然聊起了明天的安排。

"濑户同学可能已经听小司说了，明天你们要见的是我的外甥女和她女儿。那母女俩为人可靠，我也跟她们说了你的事，你可以放心。"

"好的，谢谢您。"

我的确很感谢他为我做出的解释，然而听完外公的描述，一想到我们对这样可靠的人撒谎，为了询问亲属轻生的内幕跑到人家家里，倒是弄得我徒增内疚。

因为有莎布蕾领头而麻痹的歉意逐渐涌上我的心头。与此同时，或许是这份歉意愈发明晰的原因，我再次意识到，自己心里除此之外，其实还暗含期待和对恐怖事物的好奇。

想要和莎布蕾一起旅行是一方面，可另一方面，我似乎确实对生命的形态很感兴趣。外公的一番话让我对此有了切身的感受。

我们三个人一直聊个不停。莎布蕾的外公问了很多学校和宿舍的情况，她便一一回答，还会补充一些期间发生的趣事，我也不时插上一两句。聊到一半，莎布蕾得知柜子里还有开心果，顿时开心得像个小学生，手指灵活地剥掉外壳嘎吱嘎吱吃了起来。我担心她会吃不下寿司，最终果不其然，没一会儿寿司桶送来后，莎布蕾只吃了鲑鱼籽、海胆和鱼腩，剩下的都给了我。看到她光挑些贵的吃，我感觉挺有意思，本想逗逗她，可我也是被请客的一方，因此在外公的面前还是打消了这个念头。

我吃完了大概 1.6 人份的寿司，外公表示还有荞麦面和速食咖喱之类要不要来点，这么看来真的就是个普通的老爷爷。不过我自己也觉得，比起吃点豆子和几个贵价寿司就饱了的女生，还是劝我这种人吃饭比较有成就感。我带着谢意从外公拿出的吃食里挑了他经常骑着摩托光顾的那家店的日式馒头。

吃完饭，外公领着我们看了今天睡觉的地方。家里有两间目前还空着，可以让我们过夜的房间。其中一间是一楼客厅隔壁关着推拉门的房间，这里放着莎布蕾外婆的佛龛，正是家里线香味的源头。

"忘了给外婆打招呼了。"

莎布蕾主动表明了自己的疏忽，然而外公却说："没关系，活着的人更重要。"我和莎布蕾一起在佛龛前双手合十，补上了迟来的问候。

另一间房间在二楼，听说以前是外婆的私人房间。衣服什么的都收起来了，不过桌子和床还留在房间里。

"两个房间都有充电的插座。"

没想到比起空调，外公更在意的居然是给手机充电。

我住哪间都无所谓，不如说哪间都有些尴尬。简单来说就是要么睡在去世的外婆遗留下来的房间，要么睡在去世的外婆的佛龛前。如果真的会有什么灵异之物冒出来，那两间房都有可能。

莎布蕾也说住哪间都行。不过对她来说确实是无所谓，毕竟是她的亲人，而且她看起来也不相信世界上有鬼。

"那女生要不睡二楼？"

"是出于安全角度考虑？我觉得没关系啊，不过我还是去二楼吧，鸽子自然是比羊更接近天空嘛，行吗？"

"行啊。"

好在莎布蕾用很有她风格的理由解决了这个无可无不可的问题。

定下了各自的房间后，我们很快便准备在自己的房间里换上DIY 用的衣服。我暂时关上推拉门，脱掉了裤子。一上来就只穿着内裤站在素未谋面的朋友外婆的佛龛前，实在是太奇怪了，我姑且又双手合十拜了拜。

我在 T 恤和内裤外面套上了外公事先准备好的、据说能让人"进入状态"的工装背带裤。先前他通过莎布蕾问我身高体重的时候我还有些奇怪，原来是为了这个。裤子是藏青色，穿上之后，有些粗糙的料子摩擦着皮肤，感觉就是那种劳作时候男人会穿的衣服，一下子就让我干劲满满。

我走进客厅等着其他二人，先出现的是莎布蕾。她的裤子是橘色的，和那张讨喜的脸蛋分外相衬。头上则扣了顶棒球帽，不知道是不是她自己带过来的。胳膊上还隐约残留着没抹开的防晒霜。

"咩咩，你像是要去修车的。"

"你看起来很像少儿节目里站在人偶旁边的人。"

"唱歌的大姐姐①很不错啊。"

"你还特意换成白 T 恤，不要紧吗？估计会弄脏啊。"

"这件马上就要扔了，没事儿。我想着白色最容易看出来到底弄了多脏，所以才穿了。"

"你这好像优兔上那种企划节目啊，早知道我也这么做了。"

这样就能一起比一比了啊……我发自内心地有些遗憾。蓦地，莎布蕾神色认真地伸出食指对着我的脸画了一圈，像是把眼前的我框了起来。

"多亏了你，我才发现了黑色有多么适合 DIY 呢。"

---

① 日本 NHK 电视台的少儿节目《与妈妈同乐》的主持人称呼。

莎布蕾不经意间的一句话，有时就会像这样令我感到飘飘然。她本人应该并非刻意为之，也不知道有没有意识到这点。八成压根儿没有吧。

莎布蕾拿着驱虫喷雾往自己的胳膊和脚上喷了喷，紧接着又将喷头转向了我。"我自己来，自己来。"我一边说着一边来回躲她，正嬉闹着，外公回来了，我也不好意思再闹腾下去。

干活儿之前，我们三人在莎布蕾的提议下拍了张合照，貌似她是想看看前后对比。我心里还是有一点可惜，很想跟她有同样的变化。外公则是换上了旧工装裤和 T 恤。

今天下午和明天上午，我和莎布蕾都要帮外公干活儿，明天午后去亲人轻生了的那户人家拜访。每次提起这趟旅行的目的，我都不禁觉得有些离谱。

我们来到院子里，那条未经铺就的土路已然和院子融为一体。戴上劳保手套后，我和莎布蕾就像参加社团活动那样并排站在了她外公面前。

"接下来我们三个人要铺一条连接车行道和玄关的通道。"

"通道？"莎布蕾问出了我内心的不解。

"我准备在玄关前用砖头铺一条步行路，目前……你们看，那里仅仅用绳子做了记号。"

我恍然大悟。最初看到时,我还以为这绳子是什么乡下的风俗,原来是这个作用啊。

"首先是体力活,要按照这个标准在地上挖出地基和铺砖块的深度。"

外公说着,给我们分别递了铁锹。我拿到的是农活中那种货真价实的铁锹,而莎布蕾的则是园艺工作中会用到的小铲子。先由我大致挖出形状后,莎布蕾和外公再进一步修整。我很清楚莎布蕾的体力,因此觉得这样的分工十分合理。

"我和咩咩不一样,很羸弱的!"

"瞧你那副得意的样子。"

我用卷尺从硕大的铁锹前端量出十厘米,然后到了差不多的位置后就将土挖起。一铁锹下去又硬又沉,外公一个人干这种活儿的确吃力。

挖了大概一个小时,似乎已经来到了非私有区域,短短一段路就把我挖得大汗淋漓。

"辛苦了,濑户同学,休息下吧。"

劳动过程中的大麦茶总是很好喝。我咕咚咕咚地大口喝着,看着祖孙俩修整我挖好的道路。先前我把莎布蕾看作是唱歌的大姐姐，不过这样一看还很像幼儿园老师。等汗稍微擦干，我也加入了他们。只有我一个人休息看着其他人忙碌会令我很过意不去，在社团里的时候也是如此。

修整到一定程度后，我们准备把土压实，稳固地面。据莎布蕾的外公介绍，这叫夯实处理。这次从一开始我们三人就是同样的任务。

"虽说她是我外孙女，不过对女生我们还是照顾点儿吧？"

听到外公的话，我不明所以地点点头。接着，他便递给了莎布蕾一把像枪一样的市售打夯机①，而我收到的则是外公照着网上的教程用木棍和石块组合起来的自制打夯机。自制品有两把，外公拿的也是。

仅仅是将地面压实的简单工作，想不到竟然也挺有趣，我觉得自己仿佛是在工地上打工。莎布蕾也是一样，尽管嘴上说着自己很弱，但还是握紧了打夯机一脸认真地捶打地面。

仔细做完这一步后，接下来我们在地上铺上细小的碎石，再

---

① 一种用于夯实路面的机械。多用于建设时对地基进行打平、夯实。

次开始夯实处理。乡间的空气纵然凉爽，但怎么说也是夏日里的大白天。外公、莎布蕾还有我时不时便按照各自的节奏休息片刻，再接着干。趁着莎布蕾休息，我拿起她的市售打夯机试了试，结果自然是相当好用。不愧是专业人士制造的，厉害了。

想到这里，我的脑海里又闪过了另一个疑问：为什么不干脆请专业人士来修这条通道呢？然而，这就好像别人对我们说："再怎么练习网球也不可能打到日本第一吧？"一听到这种话我就会很不爽，重点根本不在这里。

这应该就是所谓的比起结果，努力奋进的过程才更加熠熠生辉吧。

我很清楚，不管再怎么练习都会有人比我打得更好。同样的，不管再怎么努力，我们都明白不可能比专业人士铺的路更漂亮，但依然将 DIY 作业进行到底，直到夏天的太阳没入了高大树木的后方。

我和莎布蕾站在院子里，一边休息一边吃起了莎布蕾外公准备的冰棒。这时，一位陌生的老太太开着车从家门前经过，冷不防朝我们问道："你们是他孙子孙女？"外公还在房间里，于是我们俩纷纷答道："是他外孙女，还有……""她的朋友。"话音一落，老太太从副驾驶座上拿出了像是超市里卖的长崎蛋糕和都昆布①递了过来。两样零食吃完估计会让嗓子干得冒烟，不过我还是谢过了对方，随后车子便开走了。仔细回想，我发现那是一辆左舵的外国车。紧接着又有另一辆敞篷车路过门前，驾驶座上晒得皮肤黝黑的大叔对着我们点头示意，最终停在了五十米开外的房子前。这里的人们好像大多都对交通工具颇为讲究啊。

　　等外公出来后我们一问得知，那位开着外国车的老太太似乎也是这里的邻居。原来不在视野范围内的房子也算邻居啊……我不禁对乡下产生了这样的印象。这种情况也不知道莎布蕾会如何判断，后来干活的时候，我一直都在心里暗暗好奇。

　　结束后，莎布蕾挪到灯光下观察自己的 T 恤。看来我们碰到身体的次数比自己想象中的还要多。这样的行为模式要是被人掌握了，可能就是各种比赛中所谓的"习惯被看穿了"吧。

---

① 都昆布是日本传统零食，以海带为原料调味制成，作为伴手礼受到人们的欢迎。

我们用外面的水龙头洗了手和脸，依次换了衣服。第三个换好衣服的我穿着 T 恤和短裤走到客厅时，餐桌上已经摆好了电烤盘。劳动后的劳动力最适合来上一口烤肉，面对这样的安排我也是格外欣喜。莎布蕾却盯着电视画面，但她似乎有些心神不宁，膝盖还在微微晃动。

"莎布蕾？"

"欸？"

莎布蕾脸上有瞬间的困惑，仿佛是被根本不认识的人突然搭话了一样。以前我听她解释过，这貌似是她思考时会有的反应。海老名也说过，曾经有前辈把这转瞬即逝的表情误认为是不满，还跟莎布蕾提醒了一番。尽管没人告诉我，可我大概知道莎布蕾现在在想些什么。

没等我开口，厨房里的外公先叫了我们一声。米饭也蒸好了，看来是准备吃晚饭了。我们将餐具和饮料拿到客厅的餐桌，又问外公还有没有其他能帮忙的。于是莎布蕾分到了切菜的任务，我则负责洗碗。平时这都是莎布蕾的外公一人包揽。说句不吉利的话，假如我爷爷落到独自生活那一步，或许也能学会操持家务吧。

我的工作要等到饭后。话虽如此，莎布蕾在切菜，外公在做味噌汤，我也不好意思干坐在客厅。我漫无目的地在客厅里晃来晃去，最终还是站到了莎布蕾旁边和她一起切杏鲍菇。

备好菜后，外公又从冰箱里拿了肉出来，这单价比我们食堂里的 ABC 套餐的总和还要贵啊！

饭桌上，外公一直在劝我多吃点，我也就恭敬不如从命。其间，他聊起了在这里定居的原委。白天的时候莎布蕾也提到了这件事，却被打断了。

莎布蕾的外公，以及曾经和他共同生活的外婆，两个人年轻时都在市中心打拼。他们经由朋友介绍相识结婚，很快有了孩子，因此夫妻俩几乎没什么私人时间。终于，外婆到了退休年龄，萌生了在安静的地方定居的想法，最终两人搬到了他们共同的故乡，也就是这片土地上。据说他们刚见面时对于故乡的话题就相谈甚欢。

"也就是说，莎布蕾那边除了妈妈以外，亲戚们都住在这附近吗？"

莎布蕾嚼着不知谁切的杏鲍菇，听到我的问题后连连摇头。

"大家因为升学和工作，已经分散到了日本各地，并在当地嫁人，所以都没什么人在故乡了。也就明天要见的表姨和外公的妹妹还留在这里。"

"十年前我们刚搬过来的时候，我哥和他太太还住在这里，但是前年我哥去世了，嫂子就去投靠女儿女婿了。"

"这……愿逝者安息。"

这句话在我的认知范围内有些陌生，但外公还是对我不熟练的安慰表示了感谢。幸好有外公的回应，再加上双眼发亮、突然对"亲戚们的分布有没有规律"这一奇怪的问题感兴趣的莎布蕾，气氛并没有变得很凝重。不过一想到明天的事情，不论是凝重的气氛还是别的什么都不值得一提。顺带说一句，那些亲戚的分布并没有规律。

我吃了一肚子的烤肉，甚至最后又来了份炒面。休息片刻后，我准备开始自己的任务。

"刚才你帮了我，这次我也来帮你洗碗。"

我欣然接受莎布蕾的提议，两个人一起将餐具和弄脏的烤盘拿到水池。原来连那种人情，莎布蕾都不想欠下吗？

那么按理来说，她自然不会因为收下礼物的是我就能忽视掉别人的好意。

这一猜想……更准确来说是对于朋友的了解，在洗过碗收拾完桌子后，三个人喝着外公泡的咖啡时得到了证实。

"那个送给我们长崎蛋糕的奶奶，还有机会碰面吗？"

"那夫妻俩就住在离这里步行十分钟左右的地方，你可以去找她。"

外公的回答让莎布蕾心里的大石头落了地。

"那明天我们去街上买些点心吧。"

"他们夫妻爱吃甜食，说不定会喜欢年轻人之间流行的零食。"

外公也很了解莎布蕾的性格吗……听到二人这样稀松平常的对话，我不禁思考。可转念一想，这也是必然的，毕竟他照看莎布蕾的时间，比我要早得多。

喝完咖啡，外公又将估计是威士忌之类的洋酒和冰块一起倒入杯子，小酌了一杯后便告诉我们他要回玄关旁边那间自己的房间了。似乎每天他都会在睡前抽出点时间看书。就算是外孙女来了也不例外。看来也不是每时每刻都想待在一起吧。毕竟连我自己放暑假都没有回家，而是跑到了别人家里。

外公让我们自便，还说想喝什么都可以。任何饮料都可以喝。

"反正分量减少了我也不知道。"

外公说这话时露出了一个坏笑。因此等房间里只剩我们两个人时我们便试着打开了威士忌的瓶盖闻了闻，结果我被熏得一个后仰，莎布蕾则是咳个不停，于是就此罢休。

出乎我意料的是，外公还把带键盘的平板电脑借给我们打发时间。据说他平时会在会员网站上看看电影，或者做一些工作。

机会难得，我们决定找一部两个人都不知道剧情的会有人死亡的电影来看。害怕声音太吵，最终挑了一部安静的片子。话虽如此，其实都是莎布蕾一个人选的，我做的仅仅是看了一眼视频封面，感觉像是跟澡堂有关的故事便点了头。

为了营造气氛，我们打开了柜子里的爆米花，还准备了可乐。平板电脑被放在了桌子上，房间里的灯光也调成了昏暗的橙黄色。莎布蕾告诉我，这种叫常夜灯 ①。

我们并排坐在一起，莎布蕾还特意问了一句"我播放了啊？"才点击屏幕。电影很快开始了。

自从在视听教室上课之后，我就没再和莎布蕾一起看过电影。没准儿今后还会有很多这样的机会，然而当下我还是忍不住有些紧张。

这样的静谧氛围，衬得屋外的虫鸣格外响亮。

———————

① 安置在日式房间天花板上的一种灯，有好几种亮度可供调节，适合在夜晚睡觉时使用。

"看起来完全不像会有人死亡啊。"

电影的开头并没有故事梗概或者预告之类的信息，我下意识发表了感想，随后有些忐忑，不知道观影过程中能不能跟莎布蕾说话，有没有冒犯到她的观影规矩。

"别担心，会死的。"

莎布蕾倒是回答了我，然而接下来能不能说话也不得而知，开口询问同样要说话，我干脆选择了沉默。

不过这样的体贴看来没什么必要，因为直到电影结束前，莎布蕾主动跟我说了好几次话。

"抱歉，我能倒回去一次吗？"

"嗯，行啊。"

"我没听到台词，不好意思。"

这样的对话反反复复。有些台词我都觉得根本不重要，可即便是这样的剧情，莎布蕾依然会仔细地倒回那一幕，试图听完所有的台词。有的台词，她来回好几遍都听不清到底说了什么，我也一起竖起耳朵，还是听不明白。于是莎布蕾还把这样的情节记录了下来，打算以后查一查。

遇到在意的事情会一直放在心上，这就是莎布蕾的风格，我很了解她这点。不过要是换作海老名，即便知道她的性子，到第五次的时候估计也要吐槽"回头你自己重新看"！

电影后半段，莎布蕾不知道是看入了迷，还是终于有了些顾忌，总之我们两个安静地看完了片子，最后我还被感动到了。

"嗯，是一部好电影。"

待演职人员表播放完后，莎布蕾说道。

没错，是一部好电影，我也很受感动，不过……

"我也这么觉得，不过我想起了昨天和那位小哥之间发生的事情。"

"那个像是体力劳动者的人？"

"对。"

昏暗的常夜灯之下，我们扭过头面对着彼此。她的脸庞看起来比平时更近了，我心里突然冒出一个不可思议的念头：这样近在咫尺的距离，仿佛触手可及……我险些真的要伸手碰她，只得竭力克制。

"昨天的小哥也是如此，有些人就是试图把事情寄托到他人身上。"

"对哦。"

莎布蕾连连点头。

"你说的没错，大人的这种做法令我有些作呕。"

莎布蕾毫不留情的感想令我喷饭，不过我懂她的心情。

"是啊，一听到往届的学长说什么'我们没能实现的梦想就靠你们了'，我就忍不住想关我什么事。"

"原来社团学生还要面对这些啊，不过这种有人死亡的电影，这一类情节的确很多呢。当然也会有些变化，灾难片里那种'后面就交给你了'的托付方式，我就挺喜欢的。"

"像是救援队员之类的。"

"没错没错。"

我列举了回忆起来的情节，这时平板电脑的画面一黑，熄屏了。我们仿佛是被困在了常夜灯散发的光芒里，和莎布蕾一同待在这样的空间，让我觉得非常美妙。可惜似乎只有我一个人这么想，莎布蕾却是腾地一下起身开灯。

我俩伸了个懒腰，决定依次去冲澡。莎布蕾又用自己洗的时间长为理由让我先去，我也没有客气。毕竟在她后面进入浴室，总觉得有点不妥。

我提前问清了毛巾等用品的位置，此时便直接借用，三两下洗完身体弄干头发回到了客厅。莎布蕾在用平板电脑放歌，声音开得很小。我把换洗的衣服收进放在卧室的行李后探头看了一眼，发现她在看某个 MV。

"这也是小灰推荐的。"

没等我问出口，莎布蕾便说道。

她口中的小灰是我们的同班同学，一个长得又高又瘦的男生，参加了轻音社团。他和我、莎布蕾的关系都很好。今天白天在电车上，莎布蕾还告诉我她歌单里的好几首歌曲都是从小灰那里知道的。先前我听到的那首 ZOOKARADERU 的歌貌似也是他推荐的。顺便一提，"小灰"这昵称可能会让人联想到灰尘，以为我们在欺负他。然而事实是，那家伙在刚入学的时候经常穿在校服底下的 T 恤上印了某个乐队的名字，这只是那个乐队的简称而已。似乎是在父母的影响下从小便听那个乐队的歌曲。不过我还没有认真听过他们的作品。

总的来说，小灰是个稳重的人，找他推荐点近期的好歌，他马上就能按照对方的口味挑些歌曲和歌手。而在没有受到欺负这一前提下，有时的他又表现得令人大跌眼镜。

"要是小灰推荐的是恋爱歌曲，那我可就紧张了。"

莎布蕾的声音压得比平时更低，这种音量很适合聊一些听起来像是秘密，但其实早已心照不宣的事情。

"上次去看那家伙的乐队练习时也有这种感觉。哎，他外孙女，我喝杯大麦茶啊。"

"你随意。"

我从冰箱里拿出大麦茶倒进杯子喝了一口，随后回到客厅，配合着莎布蕾刚才的音量问出了心中的好奇。

"你会跟海老名说小灰的事情吗？"

"会啊，不过就是平时话里提到他就随口说说，不是特意聊那方面的事。你会跟小灰说海老名吗？"

"呃……"

我挑挑拣拣着哪些事情能说，哪些不能说。所谓不能说的事情，比如前段时间班里偷偷搞了一个女生人气投票，要是把这件事情说了，我和小灰还有其他男生估计要被莎布蕾追着咬，海老名更是可能会把我们宰了。顺便一提，虽然是匿名投票，不过我并没有投给莎布蕾。

"会吧，我们会直接聊那件事儿，小灰貌似觉得就是普通的调侃。"

"嚯，这要是被她知道了，八成又要火冒三丈了。"

确实，所以万一那些奇怪的事情走漏了风声，小灰或许要比其他男生死得更惨。

"他被我们当成挑战最终头目的勇士，这事儿你可得保密啊。"

"我不会说啦，不过你干脆别告诉我啊。"

我强行增加一名共享秘密的人，随后将杯子放在桌子上拿起了手机。从那张奇葩的长颈鹿表情包之后一直没搭理我的海老名，居然给我发了新的信息。

"进展如何？"

"吃了寿司和烤肉。"

"谁问你这个了，再说这事儿莎布蕾也跟我说了。"

她又发来了那张长颈鹿说着"宰了你"的图片。怎么就这么喜欢这张图啊？

海老名本人也经常说些和这只长颈鹿类似的话，所以她只是嘴上不饶人而已，如今并不是真的生气了。实际上我几乎没见过她生气，也不知道是不是因为她聪明所以觉得生气的性价比不高。

而身为朋友却惹得她大发雷霆的，便是刚才提到的小灰。

当时我和莎布蕾都在场。

我们几个人正在聊天，小灰突然走过来叫了海老名的名字，认真看着她的眼睛，猝不及防地告白了。

我和莎布蕾还有其他人全都愣在原地，一会儿看看小灰，一会儿看看海老名，一会儿又看看周围的人。除了我们，其他人也听到了小灰的告白，在我们圈子外围的人可能是因为间隔的距离正合适，很快便有了不小的反应。

身处事件中心的海老名一动不动地盯着小灰的眼睛，确切地说是瞪着他。海老名没有一笑了之或者无情地拒绝，而是仿佛要传达至对方的内心般，一字一句地慢慢回答道："你不要妄图利用我的罪恶感。"

那之后的好几天里，海老名似乎都很暴躁。连莎布蕾都感叹："我多少能理解你的心情，不过饶了我吧！"据说是把这辈子的"算了算了"都说完了。

我不是很懂海老名想表达什么意思。如果是觉得被当众告白很羞耻，或者压根儿讨厌被告白，海老名按说会直接告诉小灰。可她却说不要利用我的罪恶感，到底是什么意思？小灰貌似跟我一样迷茫，甚至还向我请教过她为什么会这么说。

我一半是想帮朋友一把，一半是单纯出于好奇，后来还委婉地问过莎布蕾。我想着她和海老名的关系最亲近，或许海老名会跟她解释，抑或她可能听懂了海老名话里的意思。

"那句话啊，我估计她是伤心了吧，尽管从本人身上看不出来，而且要是我这么对她说了，可能也会惹恼她。"

听到莎布蕾的话，我还是摸不着头脑。海老名会因为一次告白就伤心吗？而且怎么拒绝别人的人，反倒伤心了？也许是因为这其中有些东西，只有她们女生能明白。可我也无法因此就觉得这对于我这个男生来说无所谓。既然莎布蕾也多少能理解海老名生气的心情，那就意味着这不只是海老名一个人的逆鳞。

这么说对小灰有些抱歉，但我真的很想学习下到底是什么地方不行。

"对了，刚才电影结束后，我不是说大人强加而来的想法令人作呕吗？"

"嗯。"

"我在反思有些言重了，我重新说一句？"

我自然是点点头。

"实际上是觉得很不舒服。"

"啊，这么说来面对那些学长，我可能也是这种感觉。"

"能让你明白我的意思就好，我去洗澡了。"

莎布蕾关掉音乐站起身。我听着她的脚步声，知道她离开客厅走上了通往二楼的楼梯。

剩我一个人待在安静的房间里听着阵阵虫鸣，纠结着眼下的情况要怎么给海老名回信息。反正回到宿舍与她见面后，她肯定会逼我将自己的行动和心情从实招来。不过不管动机如何，她如果能站在我这一边，确实会让我心里更有底一点。

然而要让我自己坦白还是挺难为情的，于是我决定主动发问。向别人把秘密挑明让我觉得特别紧张，却又带着些许激动。就和发球开赛时的心情一样。

"你说的罪恶感是什么意思，我想做个参考。"

发送后，信息很快变成已读，对面却好一段时间没有回复。她该不会以为我在揶揄她，生气了吧？到时候估计又要麻烦莎布蕾不停地安慰她说"算了算了"。

就在我有些焦虑的时候，收到了回复。

"会让我怀疑，是不是自己才是那个坏人。"

海老名就回答了这些，我依然不清楚当时她到底想说什么。我从手机上挪开目光暗自琢磨着，而她又连发了两张那只长颈鹿的图片。

　　前一天莎布蕾的外公告知了起床时间大概是早上八点，今天到点后，我的闹钟准时响起。

　　从被窝里坐起，我想起了自己身在何处，第一件事就是双手合十对着佛龛拜了拜。不这么做的话我总觉得有点怕。接着站起来拉开推拉门，满客厅的各种香味顿时萦绕住我的全身。其中最明显的是味噌汤的味道，我的肚子咕咕叫了起来。

　　"早上好。"

　　我向在厨房煎荷包蛋的外公问好。

　　"早啊，睡得好吗？"

　　"托您的福，睡得很好。我来帮忙做早饭吧，真不好意思。"

　　"没事，我习惯了早起而已。你去洗把脸，把小司叫起来行吗？"

　　"好的，我去叫她。"

　　我洗完脸，稍微整了整睡翘的头发，随后上了楼梯。楼上有两间房，我知道哪间是莎布蕾的。敲门后停了一会儿，门里传来比平时更低沉的声音。

　　"现在的年轻人不会起这么早啦。"

　　"外公在给我们做早餐了。"

　　"是咩咩啊。"

　　没等谎话被戳穿的莎布蕾打开门，我就回到了一楼。在外孙女还没下来的期间，我帮忙盛了三人份的米饭。

　　"浑身酸疼，简直了……"

　　我听到声音回头一看，只见一个像是机器人的生物站在那里。莎布蕾的胳膊弯成了 L 形，僵硬着身体走进客厅，沿着直线挪到最近的一把椅子后慢吞吞地准备入座。哀号一直等到她坐下来后才爆发出来。

　　"好疼——"

　　"这是年轻的证明。早啊，小司。"

　　"早上好。"

　　外公把漂亮的荷包蛋挨个盛到桌上的盘子里，只有一个盘子里放了两个，应该是给我的。莎布蕾的身体不住哆嗦，一直在疼得哼哼，搞得我感觉连荷包蛋也在隐约晃来晃去。

"咩咩，你没事吗？"

"还好吧，有点疼，不过对我来说是家常便饭了。"

"厉害，不愧是你。"

这其中很大一部分原因是莎布蕾太弱了。不过因此被夸赞厉害，我也不是不开心。

"身上酸疼代表着还在生长发育的疼痛吧？"

"以前我也这么以为，不过前段时间有个当上教练的学姐过来了，我请教后发现好像不是这样的。"

"那岂不是白疼了啊！"

"怎么还给你疼亢奋了啊。"

"太久没有体验过这种酸疼，以前对于身体的感觉很模糊，这下子是真真切切感受到了。"

莎布蕾的两条胳膊依然保持着 L 形一开一合，面对着我这名唯一的观众露出了今天早上第一个灿烂的笑容。我的心头猛然进发出一种不可名状的悸动，仿佛是床单在空中忽地被抖开，飘扬自由。

和莎布蕾在一起时，我时常会有这种心情。仔细想来，这大概和其他人所说的"怦然心动""心头一紧"是同样的感受。于我而言则是有什么东西唰地扩散开来，就好像强风吹拂，茂盛的树叶在耳边沙沙作响时的景象。

"咩咩，你那是什么表情？"

"我就是在想这属于回家社①的特权吧。"

每当我试图隐藏这种心情时，总是会无意识摆出一副难以言喻的表情，先前莎布蕾就吐槽过这点。

我让动弹不得的莎布蕾乖乖等着，走到正在给香煎鲑鱼装盘的外公身旁盛味噌汤。香味蹿入我的鼻子，和我在家里、在宿舍和学校的食堂里闻到的味道都不一样。

莎布蕾一动不动地坐在那里，看着面前的早餐一道道摆好，突然抬起 L 形的胳膊双手合十。但她并不是要抢先开饭。

"晚饭时让我来。"

"你也可以等哪天我受伤了来送点慰问品。"

"或者等你在比赛里快撑不住的时候，我给你扔瓶红牛？"

"你这不是故意找碴儿吗？"

① 是日本校园中对那些放学后直接回家、没有加入任何社团的学生的一种戏谑称呼。

"我会帮你把盖子打开哦？……疼！"

莎布蕾边说边笑着拍拍手，结果貌似是拉扯到了肌肉，她瞪大了眼睛恢复到原来的姿势。这话说出来对莎布蕾有些抱歉，不过她这宛如玩具一般的模样可真有意思。

"肩膀也是疼的，胳膊也是疼的，我今天能挺得住吗？"

"到时候就习惯了。"

如我所言，吃完了一顿外公准备的有沙拉、有酱菜甚至还有布丁的豪华早餐后，莎布蕾已经基本上适应了疼痛。动作倒是还有些僵硬，不过至少能活动了，餐具也是她自己拿到了水池那里。

外公体贴地建议她不用勉强去进行 DIY，却遭到了否定。

"既然接受了这份工作，我就想做完。"

外公隐约透露出欣慰："那就来干些正合适你的工作。"

洗过碗休息片刻后，我们又穿上了昨天的工作服。

害怕衣服上干掉的泥土弄得家里到处都是，背带裤都在室外晾着。我们俩分别找了地方换衣服，我在房子背阴处，莎布蕾则在玄关。换好后在房子前集合。

"对了，咩咩。"

"嗯？"

"海老名给我发了信息，让我替她踹你一脚，你们发生什么事了？"

一身橘色的莎布蕾舒展着酸疼的身体，突然语出惊人。搞什么啊？

"发生的事情……啊，聊天的时候顺势提了一嘴她和小灰的八卦。"

"这样啊……"

"哎呀，我该被你踢了吗？"

"不是，她提议说要先找人踹你一脚，我说我不需要就拒绝了。"

"幸好你有的选啊。"

"这只不过是变成了海老名要直接来踹你吧？"

确实，对朋友不管是打是踢，那家伙都不会有罪恶感，所以莎布蕾说的很有可能会实现。不过有了心理准备，我就能躲开。还是先谢谢向我告密的莎布蕾吧。

说完"暴力话题"，莎布蕾的外公也穿着和昨天一样的衣服来到了院子里。

他先给我们讲了讲今天的任务，我依然像是来到了工地打工，颇为期待。

接下来我们要在昨天用砖头围出的范围内先平铺上砂子，再在其中铺上砖头。

我将放在杂物房载货架上的一大堆砖头搬到院子里，可真够沉的。中途还获得了莎布蕾的拍手称赞。这些不会是外公自己搬过来的吧……我心想。不过问了之后得知，是找了相关公司。请人帮忙才是正确的选择啊，这可不是老年人能做的事。

浑身酸疼的莎布蕾负责的是坐着也能干的工作 —— 切割砖头，以便填补边边角角的空隙。

莎布蕾干得不亦乐乎。对于心思细腻的她来说，或许正适合这种需要仔细认真的工作吧。

看着缝隙一点点被填满是件非常舒服的事情，我不禁想起了小学时和朋友一起玩儿的俄罗斯方块。我的技术挺不错，而且隐约有种莎布蕾似乎也擅长这种游戏的感觉。

"嗯，俄罗斯方块倒还好，但是像噗哟噗哟①那种可以连锁消除的游戏，我总是会犹豫该怎么放，结果不知不觉就输了。"

---

① 日本世嘉公司开发的一款消除类益智游戏。

经她这么一说，我又感觉确实是这样更符合莎布蕾的性格。喜欢深思熟虑的人，原来无法快速采取行动啊。体育运动也是如此。

说不定就是因为我像玩俄罗斯方块和做这种 DIY 时一样，总是凭直觉行动，所以才会擅长体育，做出决定的速度也比莎布蕾快。虽然不想承认这种会显得我大脑空空的事实，不过这也让我在铺砖头时能保持心无杂念。

所以我也很迷惑，为什么自己会在这个时候紧张了起来。

完成工作后，我欣赏起自己的劳动成果。尽管能看出来是外行人干的，不过砖头铺得还是很整齐。剩下的等外公下午用其他材料和砂子把缝隙塞满，这项工程便能大功告成。可就在这时，我的心里猛然涌现出了一股紧张感。

我突然想不明白为什么自己会在这里。

"咩咩，你怎么了？"

莎布蕾立刻发现了我的异常。外公此时不在院子里，因为机会难得，他想拍一张出彩的照片，于是回房去拿没怎么用过的相机了。

"我也不知道怎么这会儿突然紧张起来了，是因为要去你表姨家吗？”

我如实告诉了她，结果莎布蕾皱起眉头，无奈地笑了。

“我也是。”

这只是出于我个人的想法和见解，我原以为莎布蕾应该没有半点紧张，只有我自己在怯场。如今听说她有同样的心情，我就放心了。

“你也是吗？”

“你是不是想着这明明是我提出来的，怎么还紧张？”

“没有没有，不是啊，我单纯觉得原来你也会紧张啊。”

“我自己却有这种想法。”

按照莎布蕾的思维，的确有这种可能。

“为什么现在会紧张啊……而且你在邀请我之前，应该一直在考虑这件事吧。”

莎布蕾动动脚踢开落在砖头上的树叶，嘴里“唔……”了一声，显然是在思索。

“我很清楚原因……”沉默片刻后，她以这句话开口道，“对于我来说有一个显而易见的原因，虽然有诸多因素，不过有一点是我心知肚明的。”

"是什么？"

"抱歉，我的措辞好像是故意等你来问一样……"

"故意等我来问？啊，是这个意思吗？你不用道歉，是我自己要问而已。"

莎布蕾可以永远保持自我，保持她这种过分介意的性格。

"所以你明白了什么？"

"其中一个原因在于，虽然我拜托对方谈论关于家人轻生的事情，但我还不确定自己到底能对此回报些什么。要说大致方向是有的，但我很担心万一和我预想的不一样该怎么办。所以临近关头，我突然有种形势不妙的感觉。"

"能问问你现在的备选项吗？"

"听她聊这件事。"

说起来，莎布蕾曾经说过，对方说不定正想找人倾诉。

"感觉有点冒险啊。"

"就是说啊。"

"不过关系再远好歹也是亲戚，这样应该可以了吧？"

"只有见面了才会知道啊，毕竟感觉是随着时间和场合而变的。"

"要这么说的话，一切事物都是这样吧。"

不仅仅是莎布蕾想到的这点，人类的感觉毋庸置疑会随着时间流逝而瞬息万变，不会变的大概也就只有自己内心做出的决定。

"我的紧张应该和你的不一样。"

"怎么说？"

"抱歉，我也用了好像是故意等你来问的措辞。"

莎布蕾从迷茫不解到咧嘴一笑的模样，正是我想看到的。

"哇哦，这么快就来拿我取乐了！不过谢啦！"

这时，外公拿着一台比手机硬核得多的相机，连带着三脚架一起回到了院子里，因此我的紧张原因只能稍后再谈。其实我并没有让她追问的意思，对我来说都无所谓。莎布蕾带着和我道谢时那张灿烂的笑脸，面对着镜头比了个剪刀手，我也站在她身旁合影留念。

外公会将照片的电子版发给莎布蕾。她非常高兴，自己的"白T恤企划"最终获得了理想的结果。

至于这身工作服要如何处理，我面临着两个选择：可以寄到宿舍，也可以放在这里。而外公露出宛如反派的笑容说了一句"没准儿哪天又要找你帮忙了呢"，让我选择了直接放在这里。听到这话的我暗自开心，好似又和莎布蕾有了某种约定。

　　和昨天一样，我们分别换了衣服洗了手，最后又都聚到了客厅。虽然才第二天，可我莫名感觉这里似乎已经变成了我们的秘密基地。

　　今天的午饭由莎布蕾和我负责。当然，不是因为基地什么的，而是莎布蕾主动提议的。昨天这位外孙女就说至少要替外公做一顿饭。既然她要下厨，我不可能一个人无所事事地看着，于是也提出要帮忙。所以我们两个今天并排站在了厨房里。

　　"那么……"

　　莎布蕾干劲十足地打开冰箱。外公说里面的东西随便用，把厨房全权交给了我们，自己则在客厅摆弄着平板电脑。是在炒股吗？我暗自猜测着。

　　"对了咩咩，你有什么拿手菜吗？"

　　"没有，我平时就用用微波炉、烧水壶和电饭煲，偶尔拿锅下个方便面。"

　　我们宿舍每层都有一个公共厨房，我只知道里面有平底锅和案板，记忆里自己几乎完全没用过。哪怕偶尔食堂不开门，超市里也有卖家常菜和速冻食品之类的食物，完全没有不便之处。

"这反倒让我想尝尝你做的菜了，就算难吃得要死感觉也挺有意思，况且说不定有奇迹发生呢。"

"如果是你的话，也不是不能做给你吃，但你可要全吃光啊。"

"别了，待会儿还有重要的事要办呢。哦，要是你想露一手的话记得告诉我。"

"完全不想。"

于是莎布蕾做出了正确的决断：午饭由她来主厨制作意大利面。家里有面条、番茄罐头、法式清汤料和大蒜，看起来应该能成功。然而厨师本人却坦言："我也不怎么做饭。"

"女生就算说没做过饭，自带的厨艺水平似乎也要比男生高不少。"

"类似于每个人的英语天赋都不一样吧，不过这和性别有关系吗？"

"我感觉是有的，我们那一层的厨房，连半饭也是除了煮方便面加鸡蛋以外，都没见做过别的。"

"欸，当时他也是吃半份米饭？"

"说出来你可能不信，他经常把微波炉热过的米饭冻起来一半。"

"这可真有意思，不过到底和性别有没有关系呢……"

莎布蕾像是突然对某个问题感到了好奇。她一边琢磨着厨艺和性别，一边拿出了一口大锅开始烧水。鉴于我昨天切杏鲍菇得到了好评，于是被分到了切西蓝花和菜花的任务，似乎是要用微波炉加热后做成热蔬菜沙拉。这也是莎布蕾提议的。至少我们宿舍里的男生，没人会在午饭的菜谱里加上这道菜。

"我感觉更应该说是生活环境和家庭结构带来的影响。"

"像是有没有兄弟姐妹，或者父母是不是双职工家庭①这样？"

"没错没错。像我虽然基本上不做饭，但是经常看我妈妈做，所以隐约知道方法，曾经也自己下过厨。"

"光是看着就能学会，你很有做饭的天赋嘛。"

"马上我就来做一顿味道普通得不能再普通的意大利面，你好好尝尝吧。"

除了西蓝花和菜花，我又切了培根，把所有食材放进一个透明的碗里盖上保鲜膜，按照莎布蕾的指挥送入微波炉加热五分钟。她还让我在三分钟的时候拿出来一次用竹签扎一扎，能很轻松地

---

① 双职工家庭是指夫妻双方都拥有稳定工作的家庭。这类家庭通常会有两份较为稳定的收入，因此在经济方面相对宽裕，能够享受更好的生活质量。

扎透就算热好了。

　　我把菜刀和案板让给莎布蕾，她在烧水的同时还做起了酱汁。我一边留意着微波炉，一边被莎布蕾做饭的模样吸引，看着她认真地把洋葱切成小丁。说好的三分钟很快到了，我小心翼翼地取出食材，防止被烫，接着拿签子一扎，发现还有些硬，于是又放回了微波炉。

　　这边，莎布蕾烧热了平底锅，加入橄榄油、洋葱丁和手撕的香肠，又挤了些蒜泥翻炒。手撕香肠据说是莎布蕾妈妈的做法。一股香味冒了出来，这时微波炉也响了。我再次拿出蔬菜，装到一个合适的盘子里，蔬菜的清香自然是扑鼻而来。莎布蕾又指挥我用厨房纸把水吸干。

　　她把洋葱炒至透明，往平底锅里加入法式清汤料和番茄罐头，边煮边将番茄压碎。接下来貌似还要十分钟左右。莎布蕾确认了一遍意面包装上写的煮面时间，预估好后便将面条散开下入了热水里。

　　"差点忘了！"她说着又加了些盐。

　　计时器一响，莎布蕾捞起面条，没有沥水直接放入酱汁中，拿了一双长筷拌匀。拌了几下后，她挑起一根面条吸进嘴里尝味道。我在一旁出神地望着她。

"哎呀，好像有点淡，你也尝尝。"

我拿起那双筷子也夹了一根放进嘴里。

"是有点淡，味道再浓点可能会更好，放点盐？"

"我妈妈说过，咸和味道浓郁是不一样的概念，要不再加点清汤料？"

"原来还有这种区别啊，那就照你说的吧。"

我装作若无其事地把筷子还给莎布蕾。

之前说过因为已经见过很多次她刚洗完澡的模样，所以对我来说早就无甚特殊；而早餐时间赶巧的话，也能看到她刚睡醒的样子，因此也并不稀奇。这些都是事实，可是像这样品尝同一道菜肴的味道，让最近在我心里沉寂的小鹿又悄悄乱撞起来。这和那种唰地一下飘扬而上的心情又是不一样的感受。

我大概是下意识地想象到了我们的未来。虽然在社团里，我们经常被教育要注重想象力，多展望未来，但在这种时候发散思维也大可不必。

又尝了一次味道之后，午餐终于做好了。莎布蕾将盛出的意面分成了大中小三份，自己拿了面条最少的盘子，把最多的那份给了我。

之后将芝麻沙拉酱浇到热蔬菜里端给外公。面对外孙女亲手做的饭，外公看起来很高兴，也许全天下的老爷子都是这样吧。

意面的味道非常普通，不过很好吃。

话说回来，莎布蕾身上的酸痛似乎已经完全好了。

"哪有，还疼着呢！不过也习惯了，如今我算是真正感受到了人类的感官是如何变麻木的。"

看来她是另辟蹊径，找到了另一种享受人生的方法。这很有莎布蕾的风格。

说到她的风格，午餐前新换的衣服也是如此。

莎布蕾换掉了那条彩虹般的半裙，转而穿上了一条仿佛将几十种风景各异的明信片缝在一起制作而成的拼布长裙。上面还有夕阳和星空一类的图案，因此色彩感并没有昨天那么强烈，不过依然是一件颇为花哨的衣服。

"咩咩，你是以为需要服丧才挑了黑衣服？"

"不是啊。"

不过经她这么一说，我才意识到别人可能的确会有这种误解，到时候难免会让人觉得莎布蕾太过跳脱。于是午餐后，我换上了带来的牛仔裤，多少能显得活泼一些。

我们和对方约的是下午三点，她们似乎还打算边吃零食边聊。外公会开车送我们过去，之后便由那位表姨开车送回来。可万一聊得不愉快了该怎么办……我不禁冒出了这个念头。

距离出发还有段时间，不知道是不是为了消磨时间，莎布蕾又剥起了开心果。我刚从她手里接过一颗，这时电话振动起来。

"哦？"

见莎布蕾看了过来，我在她询问前主动解释道："是半饭打来的电话。"

"是他啊，怎么了？"

"我也不清楚，不好意思，我出去接下。"

外公可能会觉得一通电话在家里打也无妨，不过莎布蕾倒是理解地挥挥手。我走到玄关穿上鞋来到室外接起了电话。

"喂，怎么想起来打电话了？"

"咩咩你人在哪儿呢？我无聊爆了！"

"关我什么事。"

半饭的精神状态一上来就把我逗笑了。我小心避开好不容易铺好的砖头走到院子里，和房子拉开了些距离。

"我来外公家了。"

虽然没说实话，但也算不上撒谎吧。

"真的假的？你提过这事儿吗？难得这么清闲，我在心里把喜欢的演员排出了一个击球阵容，还打算跟你分享呢。"

"你发什么疯啊？"

"就是把他们比作职业棒球运动员啊。"

"我看你是闲的。"

"超级闲啊！你为了我早点回来吧。"

海老名也好，半饭也好，人设从来没有崩塌一说，好笑之余又让我觉得佩服。

半饭是我和莎布蕾的同班好友，也是住宿生，对于我来说还是社团伙伴。他就是这样一个不着调的家伙，我和他的关系是最好的。昨天中午我还在食堂碰到了他，一起去买了冰激凌，但是只字未提旅游的事情。因为远行搭子是莎布蕾，总令我有些心虚，再说他也没问嘛。

"早回去是不可能了，不过等我回去了会听你分享的。"

"咩咩你也研究研究呗。"

我研究个鬼啊。

"这样选人还能让你对棒球产生一些新的观点，很有意思啊。"

"我平时可不看这种棒球。"

别看半饭的内心如此，脸长得倒是清爽，因此他自己也说过经常会有女生对他看走眼。他会把这些当作笑料，明知自己有反差也没想着去改变，这些都是十足的半饭作风。班里和宿舍的同学都摸透了他的性格。他有一个离谱的习惯：在食堂点餐无论吃什么都要配上半份米饭，再加上他总是露出一副尴尬又不失礼貌、半笑不笑的表情，于是便有了"半饭"这个昵称。然而他本人似乎想要一个更加爷们儿帅气的昵称，这点我也一样。

"四号这位我多少还能理解，但八号这位是什么说法？"

"显然是为了加强防守才挑进来的选手啊，我还加上了气氛组。"

我们俩你一言我一语地聊着没营养的话题，突然，半饭"啊"了一声。发生什么事了？

"说起来，先前我不是搞了个摸摸请求胆量大比拼吗？"

"摸摸请求？哦，那件事原来叫这个名字啊。"

我的记忆里能翻出来好几件半饭干的奇葩事，只要和别人一说，人家立马就能知道他是有多么不着调，而且准会拉低对他的印象。不过他干的好事我都不会外传，我可不想让别人以为这些事跟我有关系。

而其中之一，就是这个摸摸请求胆量大比拼。我也是今天才知道是这么个名字。

某天社团活动结束后，我和半饭一起把衣服扔进了公共洗衣机，这时他突然冒出了一句莫名其妙的话。

"能允许做到什么程度呢……"

没等我问出口，他就得意扬扬地解释道：

"跟女生说想抱她都属于犯罪。不过熟人之间，手还是能碰的吧？要是知道了女生觉得可以和不行的标准线，那以后谈恋爱了不就方便了嘛。这事儿我好奇得要命。"

这是什么惊天发言，甚至当事人说这话的时候，浑身上下就一条内裤。不过有一说一，对此我也并非不好奇，而且也不是没琢磨过。可半饭更离谱，他真的就去找班里和宿舍的女生当实验对象。据他表示，接受程度到上半胳膊便是极限，而最差的结果则是被学姐教训了一通。如果他就此作罢，倒也能平安无事。然而半饭厌倦了女生们随便笑笑应付过去的态度，后来不知道对海老名说了什么，最终肚子上被赏了一记前踢，他也主动为这项活动落下了帷幕。顺带一提，莎布蕾可以接受握手，但牵手不行，因为目的不详让她觉得害怕。半饭在被拒绝了之后似乎还不死心地问了一句"那肚子呢？"虽说是好朋友，我也希望莎布蕾能给他一脚。

"那件事……"

"该不会是被学校发现了？你别被劝退了啊。"

"那到时候咩咩你可得尽全力保我啊。不是这个意思，是那件事的结果，昨天晚上海老名竟然让我卖给她。"

"哈？"我没控制住音量，疑惑的声音脱口而出。可能是附近山多，这声音还形成了回响，让我一时有些紧张。

"结果？卖给她是什么情况？"

"她让我把之前询问过的女生做出的反应，能记得多少都详细地告诉她。我以为她铁定会威胁我不说的话就去告密，当时心里还在发怵，没承想她是要出钱买啊。我总感觉有点可怕，想找你商量下，但你怎么不在啊！"

"这话你该放在击球顺序之前说啊。"

"你肯定懂我更想说哪个啊！"

半饭的热情对我来说都无所谓，倒是海老名究竟是什么目的？事情发生在昨天晚上，也就是在我问完罪恶感的问题，她拜托莎布蕾踢我之后？

"我不太清楚按市价应该要多少……"

"你还真想卖啊！"

"果然不能卖吗？可以先告诉她不能拿去做坏事嘛，反正卖了又不会少块肉。"

不拿去做坏事的人谁会想要那种东西啊，甚至还要拿钱买。可我又不是她肚子里的蛔虫，想象不出来她会拿这些做什么坏事。可怕的是，从时间节点来看，似乎跟我脱不了关系。

"你小心点儿，没准儿是要逼你一起去为非作歹。"

"这样啊，毕竟作为共犯被抓可是最逊的。"

"主犯也没好到哪儿去啊。"

海老名和半饭之间谁是主犯这个问题，旁观者看来再清楚不过。因此要是被抓了，半饭的愿望估计是要落空了。

不过我得对自己无所事事的朋友说声抱歉了，我没法一直跟他打电话聊这些没营养的话题。

"后续情况回头再聊，我现在要去别的地方了。"

"欸，去哪儿？游泳池？"

一般来说确实是那里听起来更有意思。

"我要去别人家里，她们家有人轻生了。"

"轻生？你会被诅咒了的。"

"闭嘴吧你！"

倒不是因为半饭口无遮拦我才打断了他，而是突然感觉到自己面临了一种不知为何从未意识到的危险，想要赶紧把它甩开。

理智告诉我不会有什么诅咒，不过……应该真的没有吧？可凶宅之类的地方的确有传闻说会出现轻生之人的亡魂。昨天明明还在担心外婆的房间会不会闹鬼，怎么就没想到这一点啊。

被他这样一说，我不禁有点怕了。我们这样和那种大大咧咧探索凶宅的人有什么两样。

我答应半饭如果能记住就给他带伴手礼，之后挂断了电话。还有那个击球阵容，我似乎是非列不可了。比起棒球，我更了解足球啊，要是能改成这方面的就好了。

我一边往回走一边给海老名发信息。

"我听半饭说了，你买那种东西干吗啊？"

我想问的其实是这里面不会还跟我有关系吧。

对面没有立刻已读，我也就暂时放下了这件事，回到了莎布蕾和外公等着我的家里。两个人正在客厅看电视，貌似是一个介绍车辆零件制造工序的节目。

"半饭怎么了？"

"似乎是以为我还在宿舍，闲得发慌才给我打了电话。"

"他那样的人竟然会怕寂寞，挺有趣的。也可能正是因为那种性格才会如此？"

原因到底是什么，又或者他本来就怕寂寞，这些我都不清楚。不过看莎布蕾兴致正佳的样子，我们聊的那些详细内容，我也实在是说不出口。

我也坐到椅子上看起了电视，脑海里则在想着海老名、半饭还有小灰这些没在这里的朋友们。

海老名和半饭甚至都拳打脚踢了，但我还是会在食堂或者学校里看到他们正常对话，也会发信息。半饭肚子挨踢的前后，海老名也没有表现得很暴躁。然而自从告白事件之后，我再也没见小灰和海老名两个人有过交谈。

虽说情况不同，可两件事情也都属于请求，而且半饭的态度不管怎么看都很不认真，为什么她偏偏在小灰告白的时候那么生气？

发出的信息还没有被海老名阅读，就到了我们出发的时间。

我们两人并排坐在轿车后座前往目的地。万里无云的天空、开阔的景色还有骤然映入眼帘的大海都很值得一看。我装作淡定地欣赏风景，实则像是考试前夕那样焦虑，嘴巴和表情全都僵住了。原本只是紧张中掺杂着即将感受生命能量的期待，如今因为半饭，搞得我甚至有了一丝奇怪的恐惧。

莎布蕾在一旁打开车窗闭上了眼睛。任微风拂过她的面颊，发丝随之而动。也不知道她现在在想些什么。

我定定地注视着她的侧脸，看着阳光不时在她的脸上投射出一道光亮，后又隐没在阴影中。

突然，莎布蕾像是听到了什么声音似的一下子睁开了眼睛，整张白皙透亮的面庞看向我。我和她四目相对，还以为自己的偷看行为被发现了，结果她完全没有问这件事。

"咩咩，你参加过葬礼吗？"

"参加过，小时候去过一次。我记得自己对葬礼一无所知，还很激动地以为是什么特殊活动，和同龄的亲戚家小孩跑来跑去。"

"葬礼上确实会有这种小朋友呢。"

"你是什么时候参加的？"

"我是外婆去世的时候。当时已经懂事了，可还是没有真正弄懂最后要干什么，以至于在火葬场突然哇哇大哭了起来。"

我很惊讶莎布蕾能如此轻巧地说出"火葬场"这个词，毕竟那位外婆的丈夫——她的外公，此时此刻就在我们面前。不过这只是我的感觉罢了，对于莎布蕾来说大概不是什么需要避讳的词。诅咒可比这严重多了……都怪半饭那家伙。

"也就是说如今我们要去祭拜的表姨夫，你没有参加他的葬礼？"

"嗯，两种意义上都很远嘛，不过情况还是听说了。所以我才用去上香的同时顺便聊聊这种理由很轻易地糊弄了过去。"

"糊弄？"

听到驾驶座上传来的声音，我清楚地看到莎布蕾的表情一震。莎布蕾的失言令我也沉默了。我朝前看去，只见戴着酷帅男士墨镜的外公正透过后视镜看着我们，接着露出了坏笑。

"怎么，小司，你在计划什么阴谋诡计？"

"没有啊，就算是课程需要，我也不好意思一上来就拜托人家讲轻生相关的事情嘛，所以才先提了要去祭拜下。"

莎布蕾镇定地说着瞎话。我身边的女生向来是遇事沉着，很有胆量。不过我们原本的目的要说是阴谋诡计也算不上，所以莎布蕾那句"没有啊"也没说错。有对于生命的好奇心和兴趣应该不是什么坏事。况且如果真如莎布蕾所言，对方也渴望倾诉，那说不定更是一件双赢的好事。

外公认为的阴谋诡计会是什么事呢？

我有些好奇，因为从他的气质来看，年轻的时候说不定干过些出格的事情。但我不可能当着朋友外公的面问他："年轻时做过坏事吗？"回头问问莎布蕾吧。

"葬礼有种独特的氛围呢。"

不知道是不是为了避免谎言被戳破，莎布蕾又转回了原先的话题。

"就像小豆丁咩咩跑来跑去那样，感觉大家的情绪都比较高涨。"

"我当时在班里可算大个儿的啊。"

"可还是一只小羊嘛。"

"那会儿还没人叫我咩咩好吗！"

莎布蕾依然保持着和外公说话时的姿势，朝向前方哈哈大笑起来。我对着她"嗯"了一声点点头。

"整个会场都是闪闪发光的，所有人聚在一起，还有寿司和炸鸡之类的食物，对于小孩子来说特别像是在举办某种活动。"

"是啊，因为这些肉眼可见的东西，总感觉生命凝聚在葬礼的气氛里，所以很独特。"

"毕竟是送人最后一程的地方嘛。"

"不知道待会儿要去的房间会不会有相同的氛围。"

"我觉得会有类似的感受。"

我又想起了半饭不走心的忠告，顿时后背一凉。假如哪天我变成鬼了，结果徘徊之处有陌生人闯入，那我肯定至少要将他们轰走。

如果像这样以世界上有鬼为前提，也就意味着莎布蕾的外婆目前没有任何动作。她是接受了我，还是直接无视了？不论哪种情况，感觉都挺复杂的。还是没有鬼比较好。

　　我不停地思考着这些仅限于假设的事情，这时车子一个拐弯，放在莎布蕾身旁的纸袋子朝我倒了过来。扶起袋子的时候，我发现里面装的是学校附近一家点心店里卖的味道不错的饼干，莎布蕾悄悄把它拿了过来。待会儿要拜访的那位亲戚家的女儿是一名中学生，这似乎是给她的伴手礼。莎布蕾准备得真周到啊。

　　"马上就到了。"

　　听到外公的通知，我沉默了下来。

　　刚才也有一段时间没有说话，可我感觉如今在此基础上又更进一步，整个人都安静了，就好像眯起眼睛和闭上眼睛的区别。莎布蕾呢？是单纯不说话了，还是和我一样陷入了沉默？

　　不一会儿，车子停在了一栋普通的独栋楼房前。外公出声示意后，我们两个从后座下了车。莎布蕾手里拿着纸袋和一个一直抱在腿上的小手提包，里面似乎装了笔记本和笔袋。

　　我们绕到驾驶座和外公道谢，墨镜反着光、看着不像好人的司机叮嘱道："有什么事的话随时联系我啊。"

　　接着……

　　"小司，还有濑户同学。"

　　他微笑着叫了我们的名字。

"到了这个年纪我才真正感觉到，死亡无处不在，可我们却无法理解它的本质。穷思竭虑固然是件好事，但也要注意在某个地方划清界限，不能过于被牵着鼻子走。"

我知道他是在鼓励我们。然而"被牵着走"这种字眼我在恐怖综艺上也听到过，这让我不由怀疑外公是不是也暗示诅咒之类的吓唬我们。

我看向莎布蕾，只见她站在那里，脸上的笑容比我想象中的更甚。

"哪怕会被牵着鼻子走，我也想亲身感受下。"

我不清楚莎布蕾的宣言算不算一个恰当的回答，外公却又露出了坏笑，开着车子走了。

"走吧，咩咩。"

我们走向那栋房子，准备为这趟旅程的重头戏拉开序幕。

坦白说，一想到如今便是这趟旅程的最高潮，我的内心深处就已经开始有些落寞。我不禁联想到了比赛日里早早结束任务的自己，余下的时间整个人都会放空下来。不过兴致勃勃的莎布蕾应该完全不会有这种想法吧。

我能和莎布蕾独处的日子也仅剩下了两天，差不多算是我暑假的尾声，之后等待着我的就只有每天的社团活动。我并不是特别讨厌训练，只是那时候没有莎布蕾在我身边。

所以我也认为一定要好好感受下这一刻。就是有点对不起外公，把他的忠告抛在了脑后。

莎布蕾站在大门前点了下头，随后按响了门铃，屋里很快传出了回应。出乎意料的是，那声音比我预想的更加开朗。我压根儿不了解失去爱人、丈夫、家人的人要花多长时间才能恢复，却自作主张地以为自己将面对一位黯然神伤的女性。不过这倒是一个令人高兴的误判，这样我也不必摆出一副沉痛的样子。就好像前辈输掉了一场重要的比赛，连我的表情也要或多或少地表现得凝重些，老实说挺心累的。

我们站在那里等着对方开门，这时旁边的莎布蕾突然"啊"了一声，像是发现了什么东西。我一扭头，只见她也正看向我。

"我刚才说'哪怕会被牵着鼻子走'，并不代表我想去已故之人的世界啊。"

"我的理解是要盘根问底，通过言谈真正体会到别人的感受？"

"差不多是这种感觉，原来你听懂了，太好了。"

　　莎布蕾大大的嘴巴翘起嘴角，露出了小孩子简笔画中那样灿烂的笑脸。下一秒，房门开了。一位阿姨……应该就是莎布蕾的表姨？从玄关走了出来。

　　"欢迎欢迎。"

　　和刚才听到的声音一样，比我想象中要精神得多。

　　"好久不见。"

　　"您好。"

　　我们各自打了招呼，表姨亲切地将我们迎进门。这样的表情消除了我们的紧张感。

　　走进房子里，同样闻到了一股线香的味道，这才勉强提醒我这里有人去世了。玄关比较大，从走廊到客厅除了卫生间外有三扇门，不知道会是哪间房呢？

　　客厅很漂亮，隔壁的房间和莎布蕾外公家的一样铺了榻榻米。那里放了一个小佛龛，青烟正从线香上飘散而出。

　　"我可以先给表姨夫上根香吗？"

　　莎布蕾的提议没有遭到拒绝。我不太懂这方面的规矩，只能像祭拜莎布蕾外婆时那样跟着她的步骤走。我看着莎布蕾跪坐在佛龛前的坐垫上，上香后双手合十。接着轮到我，我也依样画葫芦地上了香。

表姨招呼我们在客厅的桌子旁入座。一坐下，莎布蕾便递上了饼干，表姨也很快打开盖子，把饼干罐放在我们三人中间。

"其实家里还有当零食的冰激凌，不过那个等我女儿回来再吃吧？"

这时不可能会有人出言反对，就算是半饭也不会说个"不"字。表姨转而给我们拿了冰箱里的冰咖啡，似乎是冷泡的，不过我也尝不出来和普通咖啡有什么区别。我把糖浆和牛奶都加了进去，莎布蕾则只加了糖浆。

我们喝着各自口味的咖啡，先作了自我介绍。莎布蕾自然是都知道的，所以对我讲了她和表姨的关系，像是隔了多少年没见等等。我肯定也没有自称为咩咩，而是说了自己的大名濑户洋平，是鸠代司的朋友兼同班同学，而且都住宿，这次是一同来进行课题研究。我也和莎布蕾一样撒了谎。

"你们是朋友？不是情侣吗？"

莎布蕾的外公似乎是理所当然地忽略了这个问题，所以面对这个话题我一点心理准备都没有。不过莎布蕾或许料到了这种情况，立刻哈哈笑着说道："我们是朋友啦，而且宿舍就在隔壁楼，所以有点像是家人的感觉吧。"

她说的都是事实，我也点头附和。可心里又忍不住有些在意，莎布蕾所说的与心中的真实想法又有几分重合呢？

"是吗？这还挺新鲜的，我上的学校都没有宿舍。这么年轻就能和朋友们一起生活，真是青春呢。"

"我哪有什么青春，咩……呃，濑户他每天都会参加社团活动，那才是真正的挥洒青春。"

我们在之前就定好了彼此的称呼。这话让我们自己来说不太好意思，不过"莎布蕾"和"咩咩"这两个昵称真是有够滑稽的。先不提身份认同或者自我认知的问题，总之正经场合就不适合叫这种名字。来之前我问莎布蕾是不是应该叫她司同学，结果她表示"别了，不管是你叫我司同学还是我叫你洋平同学，我都会忍不住笑场"。最终决定用老师称呼我们的濑户和鸠代。莎布蕾刚刚差点说漏嘴了。

"怪不得晒这么黑啊，平时都做什么运动？"

表姨顺势问道，于是我把和外公说过的话又讲了一次。这次轮到我的成果受到了夸赞。

聊完我的社团，接着话题转到了莎布蕾为何只能住宿也要上如今的学校。这点我早就清楚，不过还是安静地听莎布蕾解释。原因并不特殊，仅仅是因为成绩适合这所学校，而每天从家里上学又太远了。海老名也是如此。顺便一提，凭海老名的学习能力，进入尖子班绰绰有余，可她却和我们一起待在普通班级里。人家给出的理由是"冗长的补习和题海战术就让那些自己不会学习的家伙搞去吧"。这种说法还真是刺耳啊。

宿舍话题结束后，空气骤然静了一瞬，仿佛有一把刀插进来切断了交谈。我咬住伸出玻璃杯的吸管，主动让出了聊天的权利。莎布蕾接棒，我听到她深吸了一口气说："您今天愿意接受这样唐突的请求，我要再次表示感谢。"

这还是我第一次听到朋友用"唐突"这种词，从前后逻辑听起来似乎并不是褒义词。表姨对着郑重的莎布蕾苦笑着摇摇头。

"没事，如果能在学习上多多少少帮到你们一些，也算是对他的一种回报吧。"

我意识到表姨的目光投向了我们身后的佛龛。

在社团里，我们需要仔细观察对手的目光并分析其行动意图。当然，也不能过于相信自己的判断，因为厉害的对手甚至能反过来利用这点。

　　所以表姨在这一刻看向佛龛的原因也只是我个人的猜想，没有可信度。

　　至少我觉得，她并不是出于爱恋或者哀悼才看向了佛龛。

　　假如我猜中了，那也不奇怪。毕竟丈夫抛下家人离开了人世，说不定她的心里还掺杂了些许类似怨恨的情感。

　　莎布蕾从包里拿出笔记本和笔袋，我也表示希望能在手机上做记录。

　　"不然，先去看看房间？"

　　两个选项摆在面前，我看了看莎布蕾的神色，只见她看着表姨点点头。

　　"能先去看看再好不过，避免听完描述后产生先入为主的想法。"

　　社团里也经常提到先入为主的问题，基本上都和眼下莎布蕾说的一样，是叮嘱我们要避免的情况。

　　我也赞同这个提议，于是表姨点点头从椅子上起身，我和莎布蕾也随之站了起来。

　　"不过里面也没什么特别的。"

　　表姨带着些许歉意笑着说道，但我并没有把她的话当真。那可是有人轻生了的地方啊。一旁的莎布蕾说道："没关系，这也是我们调查的一部分。"

看着比我有骨气得多的莎布蕾，我心有不甘却也只能跟在她的身后。途中，我回想起了半饭说的那句话，还有无意间在优兔上看过的凶宅照片，心里七上八下，甚至开始不自然地东张西望。反观莎布蕾则是一直追随着表姨的背影，大大方方地向前走。你还真是帅气啊。

我们在离玄关最近的那扇紧闭的房门前站定。看着表姨的手伸向 L 形的门把，我咽了口唾沫，这时莎布蕾突然开口："不好意思，可以让我来开吗？"

"欸？嗯，可以啊……"

表姨朝旁边错开一步，把正对着门的位置让了出来。她貌似并不清楚莎布蕾为何会提出这种要求，当然我也一样。这又不是什么经过包装的礼物，亲手打开是有什么意义吗？

反正肯定是一些有莎布蕾风格的理由，回头再问吧……正想着，她却朝我看了过来。

"一起打开吗？"

说实话，我完全没有想打开的意思。然而莎布蕾放在 L 形门把上的右手往里侧稍微挪了挪，见状，我只好被动地点点头，伸出左手握住了门把的前端。门把不是太长，我和她手的边缘自然而然碰到了一起。蓦地，一股无法用语言表达的喜悦之情就这么不合时宜地涌上了心头，让我情不自禁翘起了嘴角。

"那，我们要开门了。"

也不知道站在后面等待的表姨会怎么看我们这两个怪人。她点头同意，于是莎布蕾把这当成了信号按下门把，我也配合着她的动作。

房门开启，一阵微风扑面而来。这是不同于线香的味道，我朝内望去，看到是窗户开着。

空无一物的书架、桌子、椅子，还有空的收纳柜……我站在静悄悄的房间里环视一圈。墙上、地板上都没有我先前胆战心惊地独自脑补出的血迹，也没有我害怕闻到的生物腐烂的味道。

窗外传来经过房子旁边的汽车声。

"……什么都没有。"

那声呢喃甚至让我误以为是自己发出的——我和莎布蕾的感想完全一致。

"是啊，遗物大部分都处理了。"

　　表姨补充道，但我感觉莎布蕾脱口而出的那句话并不是这个意思。至少我不是出于这种原因才有了刚才的想法。

　　来的一路上，我一直以为这里一定会有什么与死亡相关的，能让人心头一紧的肉眼不可见之物。

　　在我的想象中，这里的氛围应该像是殡仪馆，或者其他有相似之处的地方，比如我儿时被带去看过的战争资料馆。

　　更何况先前的我一直处在恐惧又期待的状态。

　　然而，这里有的只是干净的气息和轻拂的微风，仿佛不久前还有人居住，刚刚搬走。

　　不提前被告知的话必然想不到曾经有人死在了这个房间里。

　　"这房间，好干净啊。"

　　听到莎布蕾的感叹，我看向表姨，只见她点了下头。

　　"当时他为了不弄脏房间，甚至还自己铺好了塑料布。你们说他是不是认真得过分，明明马上就要撒手人寰了……"

　　表姨貌似是想用玩笑缓和下气氛。遗憾的是，这件事比起房间里的真实情形更令我毛骨悚然。临死前的人还勤勤恳恳地铺着塑料布的场面……这是什么恐怖片。

　　"还有，他刚被发现时只是昏迷了，并不是在这里过世的，所以可能没有那种事故现场的氛围。"

"啊，原来如此。"

我脱口而出，发自内心地认同表姨的说法。如此一来或许就能理解，为什么在这里感受不到生与死的那种氛围和气息。原来不是死亡现场啊，那想必也不会被诅咒了，太好了。

我隐隐感觉胸口像是豁然畅通，可莎布蕾的表情却比刚才更不解。

"是这样吗？"

这样是怎样？我不懂她的意思，不过看她似乎在绞尽脑汁思考着什么，索性决定先不打扰。可我虽然没有搭话，莎布蕾却还是被暂时打断了思绪。

玄关处传来钥匙开门的声音。

意识到有人进门，表姨走出房间招呼道"回来啦"，对方也应道"我回来了"。与此同时，来人朝房间里留下了一句"你们好"便走了过去。是一个戴着眼镜的女生。

见她回家，我们也准备结束轻生房间的参观。表姨要给我们拿零食，于是我们又坐回客厅的桌子旁，等着零食和刚才那位戴眼镜的女生过来。

我不经意地看了莎布蕾一眼，没想到她也正看着我。

"葬礼都是活着的人用装饰营造出来的夸张氛围啊，我还一直期待那是生命的力量。"

莎布蕾选择压低了声音，在我看来是个正确的决定。期待这种词，在脑海中想想也就罢了，然而说出口总归是不太恰当。

"假如他是在房间里过世的，也许会不一样吧。"我也悄声说道。

"可那里才是他凝聚了死亡意志并付诸行动的地方啊，要是会有思念之类的残留下来，我想不会是在医院，而是在那个房间吧。不过刚才用期待这种词不太好，我能改一下吗？"

"嗯，什么？"

"应该是我一直想象着那是生命的力量。"

只有我一人听到那微不足道的口误和反思，最终都融化进了线香的味道里。我真的有了这样的感受，莎布蕾说的话像是和这间房屋融为了一体。也许打开了窗户又会是不一样的感觉吧。

表姨拿了四个人的盘子和勺子，随后将一盒芭斯罗缤冰激凌①放在了桌子上。似乎是她上午特意去买的。

---

① 芭斯罗缤冰激凌，是世界上最早诞生的加盟连锁冰激凌店之一。如今已成为全球最大的连锁冰激凌店之一。

　　不一会儿，刚才戴眼镜的女生也来到了客厅。她穿着 T 恤和五分裤，看起来的确是中学生的模样，不会让人错认成其他身份。不过也可能是因为我提前听说过这点，所以才会这样觉得，也就是所谓的先入为主。

　　她又说了一遍"你们好"，接着坐到了莎布蕾对面。待我们也向她问好后，她就板着脸玩起了手机。其实对我们笑不笑都无所谓，我只是摸不准她到底是什么心情。假如我在家时碰到父母的熟人来访，会是什么想法呢？对了，应该会想："这群人干什么来的？"

　　不知是不是感觉到了我们三个人之间快要撑不下去的气氛，表姨也很快正对着我坐到了女生旁边。

　　"你们快挑吧，别化了。"

　　打开的盒子里整齐地摆了六杯不同口味的冰激凌。我也分不清哪个是哪个，只能大致认出有草莓味、巧克力味、香草味，还有薄荷巧克力味。我对冰激凌没什么讲究，所以长大以后就没再去过一款冰激凌相当于好几个麦当劳汉堡价钱的 31 冰激凌店了。

　　"客人先选吧。"

　　我和莎布蕾纷纷婉拒了这一建议，让那位女生先挑。选择权被年长的三人抛了过来，女生只说了一句"那就……"便拿走了似乎是草莓口味的冰激凌杯，很快拿着勺子吃了起来。

接着我让莎布蕾选一个。反正我吃哪个都行，只要好吃，而且我总感觉不太好意思比女生先伸手。莎布蕾选了最花哨的、一眼看不出口味的冰激凌，青绿和白色相间的底色上撒着红色的颗粒。

"好复杂的颜色啊。"

我不由感叹，表姨也点点头，而那位女生依旧是边玩手机边吃冰激凌。

"里面加了会噼啪作响的跳跳糖呢。"

听到她的解释，我和表姨一起点头。随后到我挑了，我有些犹豫不定，见状，莎布蕾在一旁建议道：

"要是想吃口感丰富的可以选这两个，诺基大道和恋爱秘方31。"

"还是女生懂行啊。"

幸好她告诉了我名字。带着"恋爱"字眼的冰激凌，不管在谁的面前都很难选啊。于是我拿了怎么看都是巧克力味的诺基大道。后来我问了莎布蕾才知道，她和海老名两个人打游戏PK的时候，经常会用芭斯罗缤冰激凌当赌注。希望她不会输个精光吧。

表姨选了一个简单的香草的口味，把盒子又放回了冰箱。

随后的谈话暂告一段落，所有人都一口接一口地吃起了冰激凌。我们俩说完"我开动了"之后，房间里便安静了下来。一旁的莎布蕾嘴里果真响起了噼啪噼啪的声音，惹得我想发笑。诺基大道里加入了坚果和棉花糖，非常好吃。

我们才吃了两三口，那位戴着眼镜的中学生杯子里的冰激凌就已经下去了一大半。这时，她被妈妈催着作自我介绍。我以为她会不耐烦地拒绝，结果是我想错了。

女生放下手机和勺子看向我和莎布蕾。

"我叫彩羽，你们好。"

听到表姨解释"彩羽"是哪两个字，我第一次在脑海中描摹出了汉字的形状。这个女生的名字也和鸟有关系啊……不对，莎布蕾的是姓氏。这应该不是自我认知了，而是属于他人认知？因为"莎布蕾"这个昵称，我总是忍不住想把鸽子和她画上等号。

"我叫鸠代司。彩羽妹妹，你估计不记得了，小时候我们见过一次。"

"我对您……没什么印象。"

那张一本正经的脸上出现了些许歉意，看起来似乎并不是不高兴。

"没事，我也记不太清了。而且你没必要用敬语啦，我们就差了三岁而已。"

如果彩羽她……当然按照日本的习惯，实际上我不该直呼其名，可像莎布蕾那样叫她妹妹又觉得怪怪的，姑且先称呼为彩羽吧……彩羽她如果有参加社团，那三岁应该已经是不小的差距了。

"你好，我叫濑户洋平，和鸠代是同个学校的同学。"

见彩羽一脸困惑，我结束了自我介绍，顺便换个话题。这次她显得有些好奇，我又讲了一遍宿舍的同学以及课程情况等等。彩羽频频点头。

我一边说，一边不禁心想：面对来询问自己父亲死亡一事的不速之客，这女生倒是挺有服务精神的。更不用说她还一直老老实实地坐在这里。换作是我，这会儿绝对是不着家门。

"我们这样贸然登门，也要谢谢彩羽妹妹的包涵。"

莎布蕾没准儿也有同样的想法。彩羽目光淡淡地说了句"没关系"后看了一眼自己的妈妈，低头吃了一口冰激凌。"这孩子很坚强的。"表姨颇为自豪地补充。

我们也不能一直干等着冰激凌吃完，于是很快开始询问表姨的丈夫轻生当天的情形。莎布蕾翻开笔记本，我则打开了手机App，准备为了课程记笔记……虽然课程什么的是瞎编的。

仔细询问后发现，彩羽果然加入了社团。

这位表姨夫似乎是不想被女儿看到自己的遗体，在几个月前的一个休息日，女儿外出参加社团活动的时间上吊了。

第一个发现他轻生的人自然是表姨。她说，也许是冥冥之中就有了不好的预感。平时的她很少会去打扰独自待在房间里的丈夫，可偏偏在那时突然想跟对方商量下彩羽升学的事情。尽管发现时间尚早，可陷入昏迷的表姨夫还是在医院离开了人世。

"我想问您些问题，无法回答的话也没关系。"

听完了表姨的叙述，我的心情由看到房间后的失望转为了沉重。而莎布蕾并没有过多理会我，直接问出了一连串的问题。诸如救护车的情况、在医院的详细经过等等。

有些问题过于直白，表姨甚至没能在第一时间做出回答。

"轻生的原因已经清楚了吗？"

你也是真敢问啊。

太厉害了，这家伙果然不同寻常。

表姨看了一眼身旁的彩羽，随后抚着女儿的后背开口道："这事儿她也知道……"

彩羽吃完了冰激凌，又玩儿起了手机。

"我家那口子在外面出轨了，除了我们之外，还被周围人发现了。他这人太过认真，为此应该是一直焦虑自责吧。"

这样始料未及的答案令我大为震惊。

那一瞬间，我无端感觉到自己的吸气声都变大了。

我的第一反应是担心彩羽。饶是她知情，可如今真的应该再在女儿面前提起这件事吗？随后又不由自主地看向莎布蕾，她的眼睛眨也不眨地盯着笔记本上写的"太过认真"几个大字。

紧接着，我又质疑起了自己。正如莎布蕾所说，一开始就有无数种可能。而我却一心将轻生之人放在了受害者的位置上，为什么会有这种想法？

可能是因为死亡本身，以及轻生这件事带来的消极印象过于强烈吧。

话说回来，出轨之后陷入焦虑抛下家人轻生，这算怎么回事？

简直是自私至极啊。

莎布蕾依旧无视了沉默不语的我。

"有什么征兆吗？"莎布蕾冷静地问道。

纵然去世的不是我的家人或亲戚，我也做不到这样镇定，这令我有些不甘心，明明是个大男人却无法表现得那么坚强。

"征兆吗，嗯……最多是现在回想起来觉得不对劲吧。他突然开始自我奉献，还给我们准备礼物，即便如此，估计还是没能抹去心中的罪恶感吧。"

我非常清楚这种情况下的罪恶感和海老名口中的是不一样的含义，并且单纯地觉得早知如此何必出轨呢？

我低头往手边一看，剩下的诺基大道已经化了，露出了里面白色的棉花糖。刚才听得太入迷，冰激凌也忘了吃，笔记也忘了记。

"所以他真的是一时鬼迷心窍吧。"

"是啊，出轨和轻生都是。可能是因为人太好了吧。"

好人会出轨？我搞不懂表姨说的好坏是什么意思。

我喝了一口味道已然变淡的咖啡，试图平复乱成一团的大脑。然而没有任何改变，于是又乖乖把玻璃杯放回了杯垫上。

"你们也许会想，好人还会出轨吗？"

得亏我已经把嘴里的咖啡咽了下去，不然差点喷出来。她是听到了我的心声？还是大家确实都是这么想的？至少我是这样认为的，不知道莎布蕾的想法如何，但我没来由地希望她也有同样的想法。

"不过成年人有很多复杂的烦恼啊，有时候为了不影响到自己的家人，才会想在外面寻求平衡。所以他虽然出了轨，但仍是个好人，这在我看来并不冲突。"

表姨一脸温和地说出这番我闻所未闻的感受，我差点就被说服了，但最终也没有点头。因为整件事的结果是他轻生了，把烦恼都留给了家人，根本没有平衡。而且有各种复杂烦恼但没有出轨的成年人也大有人在。表姨不就是这样吗。

我心里很不舒服，可又找不到一个不会得罪对方的方式，于是缄口不语。

我和彩羽一直坐在那里保持沉默。

"这是我从没想过的角度，值得参考。当然，对于出轨，我不会在课题里过多描述的。"

"也是，毕竟都结束了。话虽如此，我其实还没什么实感，如今总觉得他会不会突然就回来了。"

"确实，外婆去世后的一段时间里，我也一直有种随时都能给她打电话的错觉。"

"你外婆那时候我也是这样呢，所以我想彩羽应该也没有现实感。"

"我有，你别自说自话。"

仿佛是在电光石火间，完美抓住了期盼已久的将网球打回去的时机，房间里忽地安静下来。

我曾经感受过这样的氛围，让人不禁觉得除了自己以外的时间是不是全都停止了流逝。

所有人噤声看向彩羽。

"我很清楚，爸爸死了。"

面对突如其来的插嘴和反驳，表姨吃了一惊，但很快接受了女儿的说法。

"彩羽可能比我更像个大人吧。"

表姨笑了笑，但不知为何没有对着彩羽，而是对着我们说出了这句话。

她和刚才一样准备将手放到彩羽背上，却被一把挥开。

我心里咯噔一下。

彩羽从刚才开始就一直盯着手机。

"妈妈，你还真是喜欢说些好听的话啊。"

"……欸？"

表姨露出了困惑的表情。既然母亲都没听懂，我们更是无法得知她话里的意思。我也不可能开口去问是怎么一回事，因此此时还是得由被指责的本人来发问。

"彩羽，这是什么意思？"

"你从刚才开始说的话，全都在撒谎。"

这一刻，彩羽终于看向了母亲的脸。

"爸爸是被我们杀死的啊！"

她面无表情地说出了这句话。

"杀死？"

我不由自主脱口而出。许久没有发言，我也不想一上来就说出这样过于骇人的字眼，但也没有办法啊。我很好奇她为何会这么说，哪怕只能了解到一丁点儿的蛛丝马迹。我的目光逐一划过彩羽、表姨和莎布蕾，但三人均没有看向我。

"那之前说的上吊轻生……？"

莎布蕾的语气并不像刚才那样确切，似乎和我一样只是脑海中的念头自己溜出了嘴边。

表姨第一次对我们的问题充耳不闻。

"胡说什么呢！"

表姨的质问不知该说是怒吼还是尖叫，总之吓得我一哆嗦，旁边莎布蕾的椅子还发出了咔嗒的声响。

而这次则是彩羽无视了表姨。

"上吊确实是上吊。"

她看着莎布蕾，接着视线转向我。

"但和被我们杀了没什么两样。"

"彩羽！"

彩羽被表姨攥住了胳膊，目光却没有离开我们。现在是什么情况？不待我理清现状，彩羽又缓缓开口道：

"爸爸出轨后，我们就日复一日地折磨他。我真的觉得很恶心，妈妈也是这么说的。甚至还被朋友和邻居们知道了，令我十分痛苦。所以我一直在心里诅咒他还不如死了，把他当成死人和病毒对待。最终他再也无法忍受，自己了结了生命。"

我像是在看一个音画不同步的视频。彩羽的动作和表情都很缓慢，可说出来的话听起来却像是加速了般，使我更加混乱。

"彩羽，遗书上并没有写这些吧！"

"他都说了'我已经再也无法忍受'，你到底在这句话里加入了多少自己的主观臆想？"

女儿瞥了妈妈一眼，目光又回到了我们身上。

"他在遗书上写了'我已经再也无法忍受，对不起'。但我不会像妈妈那样，仅凭那一封信就认为是道歉了，承认他是个好父亲。他害我遭受周围的流言蜚语，朋友也离我而去……我不会因为始作俑者死了就觉得可以原谅一切。所以，是我们杀了他。"

她已经对此有了切实的感受。

"我一直在想，他怎么不去死。"

听到彩羽斩钉截铁地说完，我没觉得她冷酷无情或者心思狠毒，莎布蕾也不会有这种想法。彩羽在说这段话的时候，好几次都用手背蹭了蹭自己的眼睛，完全不是心如止水的模样。可她却是下定了某种决心才有了这样一番发言。

她是为了说出这些话，今天才坐在了这里吗？

倘若如此，听到了这些的我们又该做些什么、说些什么呢？

再怎么想，我也无法找到答案。初次见面的中学女生在我们面前说是自己杀了父亲，而且至今仍旧憎恨他。我不懂她为什么要这么说，就算要抛开她的心情输出自己的观点，这也是我从未设想过的局面，因此如今的我给不出一点回应。

其实我更希望由大人出面安慰一二，可此时的表姨像是被抽空了灵魂，呆呆地望着彩羽。饶是我无法对她的心情感同身受，也猜到了会有这样的反应。

客厅里只能听到彩羽吸鼻子的声音，到了这一刻，我蓦地对来到这里的目的感到了茫然。

就在我快要彻底迷失之时，旁边传来了一个声音。

我也不知道今天是第几次，甚至是相遇之后的第几次，对自己的朋友感到钦佩。

"虽然还没整理好，不过我能说下自己的看法吗？"

彩羽对莎布蕾的勇气点点头。

"谢谢，彩羽妹妹的爸爸可能曾经是个温柔的人。表姨说的也全都没错，彩羽妹妹以前肯定也喜欢自己的爸爸。"

彩羽没有点头，只是又吸了下鼻子。

莎布蕾顿了一下后接着道："然而这不能成为彩羽妹妹必须原谅自己父亲的理由。"

听到莎布蕾说出这句强硬的话语，我默不作声地紧张起来。

"我可能和表姨的想法不同，我不认为死亡是能让一切都得到原谅的免罪金牌。彩羽妹妹有对自己爸爸抱有罪恶感的自由，同时，她也有不原谅爸爸的自由。"

我想起了先前聊到的彩虹话题。莎布蕾渴望追求自由。

"所以我认为她完全可以为之愤怒。"

自由很难运用——这也是莎布蕾自己说过的话。

莎布蕾说完后，彩羽又抬起手背擦过双眼。

接着她神色一凛，露出了与先前那张表情甚微的面庞毫不相符的犀利目光瞪着莎布蕾。

"那么，你也不要把我爸爸的死当成自己的暑假回忆！"

彩羽噌地起身，连带着也瞪了我一眼后快步离开了客厅。我看着她的背影逐渐消失，随后转向剩下的两人。表姨看上去还没能从震惊中回过神来。

莎布蕾则是睁大了眼睛，定定地望着彩羽刚才的座位。

我姑且算得上……不，应该说毫无疑问是站在莎布蕾这边的。

与其说是因为我喜欢她，更多的则是作为朋友、伙伴，想要给予她支持。

所以对于彩羽的狠话，我有点想开口表示没必要说到这一步吧。

可与此同时我又感觉到，比起莎布蕾的心情，我其实更理解彩羽。

彩羽从一开始就带着怒火。既是对我们，也是对她的母亲。因此她是做好了战斗的准备，势必要将这些话说出来，今天才会坐在桌子旁。脸上没什么表情，或许是出于紧张吧。

可能就和比赛前的心情差不多……我端起味道变得更淡的咖啡喝了一口。

"对不起啊。"

表姨无力地道了歉，我并没有过多思考话里的意思，反射性地回了一句："这话该我们说……"

"她平时不会说这种话的，我想肯定是因为隔了好久又回想起了曾经的种种。她是个乖孩子，你们千万别生她的气。"

"当然当然。"

才不是。

我一边点头，一边心想表姨说的不对。一个初次见面的人怎么就能笃定人家妈妈说的是错的？连我也忍不住吐槽自己，可唯独刚才那件事，我没有料错。

——彩羽不是隔了好久又回想了起来，而是从来没有忘记过爸爸的死。

我又看了莎布蕾一眼。

事情发展成这样，也不知道我们的课题该怎么办。

本是胡编乱造的理由，我却从心底感到了担忧。因为自从"非常认真"之后，莎布蕾的笔记本上再没有写下任何内容。

"我是打算搬家的……"

表姨在我们两人面前放了新的咖啡，还递过来了两杯剩下的冰激凌，重新坐到椅子上后开了口。我知道莎布蕾不喜欢薄荷味，于是把那杯冰激凌拿走了。不过无论是哪个冰激凌，我估计她现在都不会有胃口。

"一部分原因就像我女儿说的那样，过得不太轻松。还有则是我住在关东的姐姐要给我介绍工作，所以想搬去那边。这么一来就和你们两个住的地方离得很近了。"

即便如此，我们两个都把彩羽惹毛了，也不可能去找她啊。起码我是不可能了。然而也不知道表姨是思想搭错了筋，还是真的觉得自己的想法有道理，突然说了句出乎意料的话。

"方便的话，你们能再和她聊聊吗？"

在我问出为什么之前，表姨又补充道："毕竟自从她爸爸走了以后，我第一次见她有这样大的情绪起伏。"

听到了表姨的补充解释，我还是无法理解。但我也放弃了追问为什么，反正就算是问了，感觉也弄不明白。于是含糊其辞道："这样啊……"

希望女儿的情绪更丰富些，这种大人强加而来的心愿，如同莎布蕾昨天感想中提及的情况令我心生厌恶。假如是彩羽本人想再聊一次，有时间的话我自是可以接受。但要是除此以外的人提出的请求，想来是没必要去和生我们气的人再见一面。

这是我个人的想法，那么莎布蕾呢？

我看向身旁，她一如我所料没有碰那杯冰激凌，只是一动不动地盯着咖啡，看表情像是沉浸在思考中。我打算帮帮自己的朋友，于是一边吃冰激凌一边试着和表姨聊了起来。

"刚才的压迫感好强啊。"

"嗯，抱歉啊，我也吓了一跳。"

"也怪我们，冒昧前来打扰，真是不好意思。"

"没事没事，彩羽最开始和小司说话的时候还很正常，肯定是想太多了。"

"她看起来应该挺聪明的。"

听到我这不太聪明的感想，表姨点点头。看来她的在校成绩确实不错，所以也是考虑到升学问题，表姨住在关东的姐姐，也就是彩羽的姨妈才会劝她们搬家。

我没话找话扯了几句，这时，我注意到旁边的莎布蕾朝咖啡伸出了手。我意识到她可能是理清了某些思绪，于是沉默了下来。没想到她突然提起了好几轮之前的话题。

"真希望哪天能再和彩羽妹妹聊聊。"

这一定是她深思熟虑过后无论如何都想说出来的一句话。放在平时，她总习惯先铺垫几句，不会这样开门见山。

表姨没有拒绝，还微笑着表示："嗯，等她冷静下来后再联系。"假如我是彩羽，八成会腹诽有什么好笑的。

莎布蕾的大脑估计也是乱糟糟的，不过后来还是问了表姨好几个很像是课题汇报所需的问题。表姨回答得认真，可有彩羽的话在前，我已经分不清她说的哪句是真哪句是假。莎布蕾倒是把每句回答都记了下来。

询问夹杂着闲谈，我们不知不觉聊了很长时间。其间彩羽似乎是一句话没说，直接出门了。她并不是离家出走，表姨提前知道她和朋友有约。得知彩羽有朋友让我放心了不少。

盛夏时节，无论何时都感觉像大白天一样，实际上时间早已过了五点。也该回去了吧……我和莎布蕾对望了一眼，就在这时，表姨敲了下手心说："对了，你们俩之后有安排吗？"

"没有。"我答道。

"那不用急着回去，我刚想起来，今天附近有祭典，你们要是有兴趣可以一起去逛逛。想回去的时候就给我打个电话，我送你们，我也会跟你们外公说一声。"

"祭典吗？"

这才是带有满满暑假回忆之感的字眼。然而发生了那种事情之后，尤其是莎布蕾，应该没什么心情吧？这样想着，我看向莎布蕾的面庞。她也在看着我。

"咩咩想去的话就去吧。"

说好的要叫濑户呢？莎布蕾的表情告诉我她也立刻意识到叫错了。

这点细微的口误自然是遭到了表姨的打趣，我们坦言道平时都是互相称对方为莎布蕾和咩咩。表姨夸这两个昵称都很可爱，弄得我非常难为情。

　　我们两个都赞同去祭典，于是表姨很快开始收拾东西准备出门。在把餐具拿到水池里的时候，看到没来得及吃就化了的冰激凌，莎布蕾还道了歉。

　　最后我们又一次来到佛龛前双手合十。不过听了彩羽和莎布蕾的话，我也没心情再像来时那样虔诚祈福。

　　我们和表姨一起离开家，坐上了一辆黄色轿车的后座，里面飘着清新的气息。

　　车开了五分钟左右，我们就被放在了一座公园门前，这点距离走路也没问题。只见一片面积不小的四方空间中心搭建了一个橹台①，周围是一圈小摊。小孩子在里面东跑西窜，还有类似主办方人员搭建的帐篷，这些都让我回忆起了老家附近举办过的地区祭典。

　　"玩儿够了就给我打电话，我来接你们。"

　　表姨留下这句话后，一阵风似的离开了。听表姨说话的时候，我和她对视了一瞬，总觉得她好像单方面脑补了我和莎布蕾的关系。站在莎布蕾的角度是误会，于我而言更想成为不是误会

━━━━━━━━━━

① 指在节日活动时用的高台，人们会在这样的高台上跳舞祭祀祖先等。

的误会。

我们也久违地有了独处的机会。

我看了看身旁的莎布蕾，她正在伸懒腰。

"别放在心上。"

我用像是安慰被顾问或者前辈骂了的社团伙伴的语气说道，惹得她看向我无奈地咧开大大的嘴巴笑道："什么别放在心上啦。"

这么说对莎布蕾和彩羽可能有些抱歉，不过我心里绷紧的那根弦终于松了下来，眼前这张深得我心的脸庞看起来都比平时更加惹人怜爱。简而言之就是觉得她好可爱。

"你应该很在意吧。"

莎布蕾这人肯定如此啊。

"没有啦，这有点难以形容，我现在纠结的其实是该用什么心情来面对，等我理清了思绪再告诉你。"

"行。"

"咩咩你在意吗？"

"我估计没有你那么严重吧，不过他的轻生理由，还有那孩子的压迫感倒是给我吓得不轻。"

"连你也被吓到了啊。"

除了彩羽的压迫感和她说的那番话之外，其实还有另一个共同的原因令我们内心发怵。

我们曾经一同目睹过那样的目光，并且从没想过有一天自己也会被这么盯着，所以没想到那目光会有如此大的杀伤力。

"难得来一趟，我去小摊上买点东西吧。"

"有苹果糖的话我也要买一个。"

"我没吃过，好吃吗？"

"我没觉得有多好吃，不过对我来说，应该只是在弥补一直以来的向往。"

"谁家向往还包括味道啊。"

"我每次吃的时候可能就是为了确认这点。"

"哎！"

刚一踏进公园，一旁就跑来一个年纪小到看不出性别的小孩子，直直撞上了我的小腿。那孩子也没有哭闹，很快就被道完歉的妈妈抱走了。

"咩咩你当初参加葬礼的时候估计也是这样吧。"

"有可能，毕竟那和祭典挺像的。"

这形容得太草率了吧……我们两个都笑了，也有点像是勉强扯出了笑容。公园正中间的橹台不知为何播放的并不是盂兰盆节①的音乐，而是我们小学时流行的 J-POP② 歌曲，使得会场中充斥着如同记忆中的殡仪馆那种异世界之感。

我和莎布蕾一起慢悠悠地走过一个个摊位。可能是因为天还未暗，这会儿客人并不多，不少小摊里无人营业。不过已经开始制作的章鱼烧和人形烧③的味道里却实实在在地充满了祭典的氛围。

我试着暂时忘掉刚才发生的事情。

随即猛然意识到，眼下岂不正是那种"和喜欢的女同学一起逛祭典"的经典桥段嘛。一看就洋溢着青春，是属于暑假的美好回忆。

要是在老家，女生还可以展示自己的日式浴衣造型，气氛到位的话，有些人说不定会趁势告白，如果成功了还可能突然牵起对方的手一起度过夏日祭典。

无论哪一种都是熟悉的套路，毫无道理可言，感觉并不适合

---

① 盂兰盆节是日本重要的民间节日，于每年 8 月 13 日至 15 日举行。
② 日本流行音乐的简称。
③ 以面粉、鸡蛋、糖等原料烘烤而成的日式点心。

莎布蕾的人设。

所以要说到莎布蕾的暑假回忆，正如彩羽所说，比起这种千篇一律的庆祝活动，还是打听死亡事件感受生命的能量更像她的风格。花哨的裙子也比日式浴衣更加适合她。

也不知道莎布蕾有没有在表姨家里感受到生命的能量。我决定等她想明白了该用什么心情面对后再问她。顺便一说，我是感受到了，但不是从原本目标中的那个房间或者之后的对话，而是从彩羽的怒火中。

卖苹果糖的店铺正常营业。我们刚往那边迈了一步，额头上绑着布条的女生便高声将我们迎了过去。铺面上摆了许多插在一次性筷子上的苹果糖，莎布蕾买了一根个头较小的。

我对苹果糖不是很感兴趣，跑到隔壁的隔壁买了烤鱿鱼，是那种保留了整条鱿鱼形状的烤法。一名看起来像是街头混混的大叔把烧烤装在泡沫塑料盘子上递给了我。

夜间巴士上碰到的那个小哥，也可能是这种小摊贩啊……我和莎布蕾一边聊着这些有的没的，一边走到公园边上一个带有仰卧起坐压脚杆的长椅并肩坐了下来。

莎布蕾拿着手机对准了举起的苹果糖，在她按下快门的瞬间，我故意搞怪把鱿鱼伸进了镜头。

"喂，拍到了像是鱿鱼幽灵的东西。"

"还好它已经死透了。"

看来莎布蕾不介意拍得像搞怪照片，她也没有重拍，直接把手机收了起来，张开大大的嘴巴一口咬住苹果糖，顿时嘎吱作响。我也嚼了嚼鱿鱼，却只有一些滋滋的咀嚼声。

告白、牵手，还有分享食物来个间接接吻之类的事情一概被按在了冷板凳，我们各自吃着自己的苹果糖和鱿鱼。

"对了，莎布蕾。"

"嗯？"

"可以把聊天当作回礼吗？"

莎布蕾晃着剩了一半的苹果糖点点头。

"嗯，还有，表姨希望的和彩羽妹妹再聊聊，我也答应了下来。"

"原来是这样才答应的吗？"

"不止啦，所以……估计……嗯，我觉得表姨的确是想倾诉的，就是丈夫轻生的事情，和出轨到底是好是坏无关。"

"这和想要发牢骚那种心情又不太一样啊。"

"大概吧，我深深感受到人类的死亡本身，就是一场盛大的活动啊。"莎布蕾手上晃着非常可爱的食物，可说出来的话在不明其想法的人听来，估计又会被理解为口无遮拦。

"伤心是在所难免的，应该还有愤怒，不过也不至于因此就欢呼着终于死了。"

"要是这样，那莎布蕾你们家的血脉也太可怕了。"

"就算是，应该也跟血脉什么的没关系吧。"

莎布蕾微微张嘴咬了一口苹果糖，糖衣恰好和血一样红艳。

"认识的人死亡这种事情，就好像是让日常生活发生改变的推动力。伤心也好，愤怒也罢，想跟别人聊聊这种变化也是人之常情。我感觉这也是市场上拍了众多有人死亡的电影的原因。看到电影中熟悉的角色死亡，自己的心情发生变化后，大家都会涌现出倾诉欲。这些感想被街谈巷议，贩卖死亡的电影随之叫好叫座，进而又催生出新作。"

"你到底说了多少个'死'字啊。"

我的手里只剩下了一次性筷子和塑料盘子，莎布蕾手上的一次性筷子串着的也变成了苹果核。分明已经把能吃的部分都吃完了，但我们却一时间发起了呆，出神地望着祭典会场。

太阳逐渐落山，游人慢慢多了起来。橹台上还放了太鼓①，到了晚上也许大家还会一起跳舞。

"幸好有咩咩你跟我一起过来，谢谢你。"

"怎么突然说这个。"

"没事，主要是我刚才其实还挺受冲击的。"

我看向身旁，莎布蕾将前端只剩下苹果核的苹果糖像竹蜻蜓一样转来转去，侧脸看着和平时的她无异。

"我也有点。"

"你也是吗？提到出轨的时候，你有些生气啊。"

"嗯。话说被你看出来了啊，那估计彩羽也看出来了，感觉不太妙啊。"

"就算被看出来了，也只当你是坦率吧？"

莎布蕾一个用力站起身，摊开手朝我伸了过来。我以为是要来一个象征友谊和感谢的握手，正要回握上去，还好她及时说了一句"我去扔垃圾"让我刹住了车。尽管心想着这么做不像她的性格且毫无道理，但我还是差点儿就要握住她的手。坦率固然好，

---

① 日本代表性乐器，形状有大有小，类似于啤酒桶，常用语宗教仪式、宫廷活动战争一集歌舞伎剧中。

但我也太单细胞了吧。

我看到莎布蕾把一次性筷子和盘子拿到附近收垃圾的帐篷分类丢弃，心里冒出了一个不好的想法：莎布蕾是不是不会像那样分辨别人的心情？

虽然不是什么好事，但如果真是这样，这也是莎布蕾的特点，塑造了她的性格，所以分不出来也完全没关系。能分出来，或许就变得不像她了。

不过这些话，我是不会认认真真告诉她的，太难为情不说，还会弄得像是告白一样。所以如今的我至少要尽可能去理解她。我在一旁吃着鱿鱼说道："谢啦，要给你表姨打电话吗？"

"不，我想先去玩儿钓水球①。"

我感觉那种东西只有小孩子想要，但既然她这么说了，估计是信心十足吧。结果现实立刻打了我的脸，莎布蕾开始挑战不过几秒钟，充作钓具的绳子就融化进了水里。最后她从摊主大叔那里拿到了一个相当于花高价买来的水气球作为安慰，兴致勃勃地晃来晃去，倒也算圆满。之后我们又在小摊前逛了一圈，我在射

---

① 日本钓水球是日本夏日祭上的传统游戏。

击摊前打了半天，也只拿到了糖果这种不值票价的安慰奖。

莎布蕾晃着水球玩个不停，难得展现出孩子气的一面。在她的建议下，我们和表姨说了准备走回去，没想到被对方担心我们迷路。可能她还不太了解智能手机的用途吧。

我们走在乡间道路上，脚下传来唰啦唰啦的石子声，身旁则是水气球晃晃悠悠的声音。说了受打击之后，莎布蕾再没有说过其他丧气话。

"苹果糖好吃吗？"

"感觉总是比我想象中的差点味道。"

看来味道是被刨除在向往范围外了。

"不过下次吃的时候我就会忘了这件事，所以还是会再吃的。"

"希望到时候做法能得到进化，变得比你想象中的好吃吧。"

"唔……"

"不可能吧，毕竟自从有了这种食物，估计几十年来都是一样的味道。"

"不，有可能。进化也好，进步也好，还有我喜欢上苹果糖也好，总之我觉得这个过程都不是一个平滑的斜坡，而是阶梯式的。也许明天就会猛地一下变好吃，又或者变得正符合我的口味。

我会一次次买来吃，也是为了见证这一变化啊。"

"但你不是每次都把味道忘了吗？"

"这话说得好。"

我被她伸出食指指住，不自觉笑了出来。脸上的动作影响到了心情，稍微淡化了一些我心中的那团郁结之情。

如果我的食指也有这种力量就好了……这么想着，我也试着指了一次莎布蕾，结果换来她一脸诧异。

话说回来，外公肯定了解表姨家的事情……晚饭时，外公炸了好多鸡块，在咬下第一口的时候，我突然想到了这点。

"好好吃啊。"

然而我已经饿得前胸贴后背了，暂时还是炸鸡的味道更重要。吃烤鱿鱼的时候聊了一堆奇奇怪怪的话，弄得我更加饿了。

"承蒙夸奖，是我的荣幸。"

据说莎布蕾也吃过这个味道的炸鸡，似乎是仿照了去世的外婆特制的调味方法。真的很好吃，和米饭也很搭。

桌子上不只有炸鸡，还有外公骑着摩托跑去买来的豪华生鱼片、人气店铺的玉子烧等。而且似乎煮了有一斤半的大米，感觉莎布蕾或者外公是不可能直接吃掉五分之一的，我得加把劲了。

吃完一大碗米饭，肚子总算踏实了，我们两个这才向外公讲了今天发生的事情。回家后立刻就开始吃晚饭，我们还什么都没来得及汇报。

等到把包括彩羽那番话在内的所有事情全部说完时，除了我，其他两人都已经放下了筷子。外公听完后没发表感想，先起身离开了餐桌，用电水壶给茶壶倒了热水，又拿来了三只茶杯和一桶茶叶，给我们泡了茶。只剩下我一个人还在对着炸鸡和米饭狼吞虎咽。

一旁的莎布蕾应该并不是特意看准了时机，却恰好在我喝下茶水后微微举起了手。

"这话可能不该在这里问的……"

莎布蕾看了一眼放着佛龛的房间。那里没关房门，如今充当了我的卧室。

"外公，你相信鬼魂吗？"

　　我差点一口喷出来，最后装作被茶水烫到的样子忍住了。老实说，我也很好奇。可就像她刚才说的那样，这是现在该问的问题吗？我是不会这么问的。也许在莎布蕾的心里这是和话题相关的必要问题吧。假如外公说相信，那么从今晚开始我就更是要格外留心了。

　　"我是相信的。"

　　哇，是这样吗？

　　"不过，我猜小司你设想的是那种在离世或者带有留恋的地方久久徘徊的东西，但我说的相信并不是指这个。我认为死后的人类会有类似残渣的东西，以一种模糊的形态留存于世，没有时间地点之分。活着的人的意识偶尔会对其产生刺激，致使灵异事件之类的事情发生。"

　　"残渣，可以换成灵魂这个说法吗？"

　　残渣……有种肉体燃烧殆尽的感觉。

　　"不，我的想法不太一样，可能更像是生命的余韵。"

　　"原来如此。咩咩呢，相信鬼魂吗？"

　　我仿佛是冷不防接住了传来的沙包，暂时放下筷子思索起了自己的想法。

"以前我是相信的，但今天看了那位表姨夫轻生的房间，发现真的什么都没有之后，又觉得应该是没有那种东西。"

话说到最后，我没有看向提问人，而是注视着外公。只见他一言不发地点了下头。我又将目光转向莎布蕾，看到她抱着胳膊陷入了思考。

"莎布蕾呢？"

"我……"

不知是不是我的错觉，我看到她的双肩微不可察地抖了一下。也许是回想起了彩羽带来的冲击。

"我原本是觉得鬼魂有没有都无所谓。即便是有，只要能正常生活也就没什么关系。然而就像咩咩说的那样，看到那个一无所有的空间之后我突然意识到，死了可能就什么都不会剩下了。"

当时莎布蕾说的，看来果然不是指房间收拾过了之类的意思。

没错，在那个房间里全然感受不到所谓的天堂、地狱、转世等等。就好像在告诉我们，生灵死亡后便是终结。什么想看、生命的能量、想到死亡……只有我或者莎布蕾、彩羽、表姨这些活着的人才会在这些想法中彷徨。逝者只有无尽的沉默。

"看了那个房间后，我感觉自己理解了外公你说过的那句'活着的人更重要'。"

外公仅仅是点了点头。出乎我意料的是，这个话题干脆利落地到此结束了。我以为莎布蕾会再向外公追问几句。

吃完晚饭收拾完餐具后，外公问我们要不要出去走走。

不知存在于何处的虫鸣和蛙叫声愈发响亮。我们回来时，太阳还没有完全落山，而现在早已不见了踪迹，独留月亮反射着它的光芒。我朝着没有房屋的方向看去，黑漆漆的样子令人心惊。

天上的星星尽管随处可见，与我们居住的城市相比却有数倍之多。

"有点凉啊。"

在我东张西望的时候，莎布蕾回去拿了件毛衣开衫穿在身上。她准备得很充分嘛，女生都是这样细心吗？我的包里一件长袖都没带。

"咩咩你有肌肉，应该不冷吧。"

"那你也试试增肌？"

"我不想为了御寒每天运动啊。哦，但你的社团不是为了这个，我能换个说法吗？"

"我明白你的意思，不过没问题。"

"为了过冬连其他季节也要运动，我可没有这种干劲。"

"你怎么还理直气壮的？"

莎布蕾笑着望向天空，我也再次抬起头。

这样过于有暑假氛围的生活，让我身处在繁星点点的夜空下也没有受到感染，萌生出告白的冲动。我猜莎布蕾肯定很快就会说些什么，像是这种现象和人死之后会变成星星的传说有关云云。

没想到莎布蕾却是好半晌都没有说话。如果在这里的不是莎布蕾，或者我喜欢的人不是莎布蕾的话，有这些时间我可能会忍不住问对方有没有喜欢的人。尽管我特别好奇，但她有没有心上人都不会影响我的感情，所以我也没必要去问她本人。不过……真挺好奇的。

正当我们两个沉默不语时，身后客厅的窗户打开了。回头一看，外公端着托盘，上面放了三个杯子。我们道谢后一人拿了一个。我闻到了咖啡的香味，紧随其后又飘来了外公点燃的蚊香味道。

我们和盘腿坐在客厅边的外公就着气温、虫子和星星聊了起来，莎布蕾还告诉了我星座的位置和它们的由来。

待了一会儿，我们就返回了家中。外公和昨晚一样表示要在房间里看书，酒也没喝就离开了客厅。不过今天莎布蕾也说要先回房。

"那么，本人将去完成今天的访问报告。"

"回头借我抄一下。"

从祭典会场走回表姨家的路上，莎布蕾说尽管需要交访问报告给学校是在撒谎，不过她还是打算把这些事情整理成文章给表姨她们看。这种工作就交给擅长学习的好学生吧，我就不插手了。

一个人待在客厅的我顿时闲了下来。我有些期待莎布蕾能早点完工，这样我们就又可以两个人一起看电影。但我也清楚她这人肯定会写得非常细致认真。无法，我决定今天也用借来的平板电脑看搞笑综艺好了，那就在我订阅的会员平台上。

盯了有半个小时的屏幕后，我突然记起自己也有要做的事情，却忘得一干二净。

我把海老名的回复晾到了现在，一看发现有三条信息。

"类似于情报战吧。"

"一方面是为了帮你拿下莎布蕾，另一方面我个人也很好奇女生们的雷区。"

"你和莎布蕾发生什么了吗？"

果然与我有关。纵然她说话难听，却是一心要为我提供后援的靠谱朋友。

"不好意思，刚才吃炸鸡去了。"

对方秒回，又是那张长颈鹿图片。我不甘示弱地反驳说你白天不也没反应吗，然而几分钟后，她发来了好长一段信息，其中三分之一都在骂人。

不过骂的对象倒不是我。我略过没必要的部分直取重点，一看吓一跳。

小灰似乎偶然去了海老名的老家，于是特意约她出来喝茶，说是请她吃喜欢的东西。因此海老名便去赴约了，结果再次被告白，海老名也说着"你根本没明白我说的话"狠狠拒绝了他。

其他的情况海老名也没有多说。对于小灰为什么决心告白，还有海老名话里的意思，我也很好奇。不过这些我都没有问，省得招惹麻烦。我和莎布蕾不一样，不擅长用"算了算了"安慰人。

随后海老名话锋一转，再次问我们今天干了什么。我把大致经过，以及最关键的那个插曲告诉了她。

"我们被一个中学生用和你瞪着小灰时一样的眼神瞪了，可怕。"

我只是想恶作剧一下，然而……

"要不我把你的宿舍也变成凶宅？"

真正恶劣的人果然还是不一样，她似乎根本不知道什么叫谨言慎行。不过海老名嘴里那些貌似恐吓的话，就和明星吐槽时说的"找揍啊"没什么两样，所以没关系。即便遭遇直接攻击，至多是前踢那种把半饭弄得捂肚子的突袭，只要有心理准备就能躲开。

……按说是如此，可没等我做好心理准备，就收到了一条威力仿若前踢的信息。

"既然你想和莎布蕾谈恋爱，那打算按照什么安排追人？"

"欸？"

我不由自主发出迷茫的声音。信息已经变成了已读，但我没法立刻作出回答。时间点什么的，我脑子里只有些模糊的概念，觉得该来的时候自会发生。不过换成海老名的话确实会收集情报，制订计划安排，而且肯定会考虑一个不利用罪恶感的方法。只是最后这点我还摸不着头脑，照刚才聊的内容来看，小灰似乎也还没有弄懂。

话虽如此，海老名的说话方式真不能改改吗？

"趁着住在同一屋檐下的机会，赶紧做点铺垫啊。"

我趴在桌子上看着海老名穷追不舍的信息想了半天，还是不懂该如何做铺垫。是要营造出"我总有一天会告白"的氛围？怎么营造？

"哟，只有濑户同学一个人啊。"

听到身后传来的声音，我慌忙回过头。外公自然是没发现我的惊讶，径直走向了厨房。我有点羞耻，自己一直在思考莎布蕾的事情，竟然连脚步声都没听到。

"司同学回房间整理今天的情况了。"

"是嘛，小司很不错啊。"外公端着茶杯回到了客厅，微笑着说道。

"啊，我打算回去后再写……"

我不想让外公觉得我是在偷懒，虽然一开始就不存在偷不偷懒的问题，但我还是给自己找了个借口。说完后，外公颔首。

"每个人都有自己的节奏，你按照自己的节奏来就行。"

联想到刚才一直在聊的信息，我甚至怀疑外公指的是告白的事情。谁能斩钉截铁地说没有这种可能。说不定对于我喜欢莎布蕾这件事，他早就有所察觉。

　　我暗自戒备起来，这时外公突然将茶杯放在了桌子上。是要坐下来吗？我心想，结果先迎来了他的对话。

　　"说起来，濑户同学……"

　　这种煞有介事的说话方式，令我想起了邀请我来这里时的莎布蕾。

　　"你饿不饿？"

　　我的手下意识地放到了肚子上。其实根本不用摸，我确实有点饿了。昨天这个时间，我还在边看电影边吃东西，所以并没有这种感觉。

　　"有点饿了。"

　　我说这句话的意思是想着如果外公要给什么吃的，那我就不客气地收下，然而外公接下来的提议却和我的猜测大相径庭。

　　"既然如此，如果你不介意的话，我们去兜风吧。"

　　外公又露出了那副坏兮兮的表情，摘走了挂在墙上的钥匙。

　　回过神来时，我已经坐在了行驶中的汽车的副驾驶座上。

　　旁边是外公，后座则空无一人。原本我想跟莎布蕾说一声，但是敲了门，房间里也没有回应。可能正戴着耳机全神贯注吧。要是已经睡了，那就好笑了。害怕打扰到她，我就只发了条信息，总之在我上车的时间还是未读状态。

车窗外漆黑一片。风景是看不成了，然而看手机的话可能又显得不太礼貌。车里播放着白天没有打开的广播，我摆出了沉浸在这些怀旧歌曲中的模样，一动不动地目视前方坐在座位上。

"你平常听广播吗？"

"不怎么听，倒是有朋友一直在听深夜广播。"

这话说的是小灰。他听的内容似乎是挺有意思，可我不能在晨练时迟到，自然没办法熬到半夜两三点。话说回来，刚才光顾着想莎布蕾，一时忘记了他。小灰都被甩了两次了，没事吧？

"从早到晚都要在社团训练啊，我知道你是出于喜欢才参加的，不过还是很辛苦吧。"

"是……您说的没错，早上七点开始晨练，接着去上课，傍晚也会有社团活动，结束后吃完晚饭会和朋友们闲聊，再看看电视或者拿手机刷会儿视频，一天就结束了。"

"有时间和朋友出去玩儿吗？"

"偶尔可以，还有社团有时候结束得比较早，比如周六日，就会和住宿生或者住在附近的同学去打保龄球。"

这种活动也是和小灰、半饭一起，有时也会叫上海老名和莎布蕾。别看小灰长得像个竹竿，肌肉貌似还挺有劲，保龄球打得竟然比我们这些平时就一直运动的人还要厉害。

"那还不错，有时间玩乐。"外公说道。这种年龄了还能梳着大背头骑着摩托到处跑的人，想必就是一路玩儿过来的吧。不过我还是按下了心中的好奇，毕竟对朋友的外公问这些并不合适。

广播里放完了歌，换成了路况信息。司机也许会需要这些资讯，于是我选择了暂时闭嘴。然而这样的贴心似乎略显多余，和外公接下来的关怀相比更是小巫见大巫。

车里安静了片刻后，外公再次开口："白天真是不好意思啊，濑户同学。"

"欸？"

我虽然不是坐在夜间巴士上的莎布蕾，但同样不理解为什么会收到道歉，于是瞬间发出了疑惑的声音。

"让你们承受了彩羽的怒火。"

"是这个啊……"

我终于反应过来他在说什么，可听到这个解释后还是不懂外公为什么要道歉。

"这……没事，彩羽……妹妹？只是有点着急……呃……只是说了点气话。"

当时确实吓了一跳，也有点不安。不过也许是因为在社团里被骂习惯了，多亏了这个不幸的优势，我没有像莎布蕾那样把这当一回事。

所以我觉得还好，甚至想替彩羽辩解两句。我估计是不会再和她见面了，然而莎布蕾却是她的亲戚，今后还可能在葬礼之类的场合遇到对方。

"不，怪我和我的外甥女，使得小司和你看到了那样的彩羽，真是抱歉啊。"

莎布蕾的外公语气过于认真，所以我又仔细想了想自己到底需不需要被道歉。外公的意思大概是觉得发生这种事是因为自己没有解释清楚，或者没能完全让彩羽理解。

我认真回想了一遍当时的情景，依旧感觉他不应该对我道歉。

"这么说可能有点奇怪，但我觉得，我，当然还有莎布蕾，和彩羽妹妹，都是自己主动出现在那里，而彩羽妹妹大概是其中决心最坚定的人吧。"

我不似莎布蕾那么能言善道，希望不会给外公留下"这家伙是笨蛋吧"的印象。

"所以应该说……外公您不用给我、莎布蕾，或许还有彩羽妹妹道歉，没关系的。"

我不自觉地用了像是亲人般的称呼，连忙看向身旁。外公的脸上映着汽车导航的光亮，倒是没有丝毫不满的表情。

"原来是这样。"

外公似乎认可了我的说法。

"濑户同学，你是能接受他人的意见，并且转化为自己的思考的人呢。"

头一次收到这样的评价，令我有些不知所措。按说这种话应该都是对莎布蕾说的。

外公目视前方，和在彩羽家门前给我们忠告时那样笑了起来。

"怪不得小司很信任你。"

莎布蕾信任我？

要说她相信我或许是有的，毕竟我们应该没有超出朋友的关系，但她确实是邀请我来到了自己亲戚居住的乡间。这可以用上"信任"这个词吗？我不禁感到飘飘然，可又怕自己过度膨胀，于是下意识选择了含糊其辞。

"这我不太清楚，她没跟我说过。"

"所谓真正的朋友，也许就是这样吧。"

"真正的朋友……"

"这些话希望你能保密啊，其实在得知你们要过来的时候，小司还特意向我介绍了你。"

这事儿我竟然从来没听说过。不过也不奇怪，毕竟都说了要保密。她都说了我什么啊……我紧张地等待着。外公轻轻咳了两声后说道："她说：'我要带一个男性朋友过来，他叫咩咩。总之是个很好的人，外公放心吧，他一定不会惹你心烦的。'当然，我从一开始就没有过这种担心。"

"是……这样啊……"

莎布蕾是因为考虑到外公和我的心情，暗自把这件事放在了心上，这才专门进行了解释吗？这很有莎布蕾的风格，特别符合她的性格，完完全全……就是我喜欢的莎布蕾会做的事情。听到她如此相信我，夸我是个很好的人，我真的很开心。

"听着有点难为情，不过我很开心。"

比珍珠还真。然而，另一种担忧却一点点在我心中蔓延：我是不是不应该这样心花怒放？

作为朋友值得信任、能放心地带到外公家里留宿——这些评价，是不是意味着她丝毫没有把我当成男人看待？假设是一个她认为未来有可能发展成恋爱对象的人，她会这样向外公介绍吗？倘若她多少有些这方面的心思，尽管我猜不到她会如何措辞，但起码会紧张得表现出些许忐忑不安吧？又或者虽然算不上是面对危险，但也会有些危机感？

我就会这样。有时会突然忍不住想要触碰莎布蕾，然而朋友之间完全没有这么做的理由，于是每次只能忍耐。

所以让莎布蕾有了这种安心感，貌似背离了我的初衷。

纵然不希望被人看穿自己的内心，然而被当成一个彻头彻尾的草食男①，还是令我心情复杂。我可不是真的羊啊。

"濑户同学，在你看来小司是个什么样的人？"

"莎布蕾吗……"

我的脑海里立刻浮现出了数个形容词，害怕说出来不合适的话，我又仔细过了一遍，挑了几个比较保险的标签。

"她的思维方式与众不同，还很勇敢，我觉得是个特别厉害的朋友。"

---

① 草食系男子，指那些性格温和、友善，对待感情和人际交往上较为被动、腼腆害羞的男性。

　　诸如是个奇怪的人啦、衣着花哨啦、外表正正好是我喜欢的样子啦、周围人其实有时会觉得她的性格麻烦啦……这些都是不该说的话，被我咽进了肚子里。哦，还有"那家伙在撒谎呢"。

　　"能有这么想的朋友，小司还真是幸福啊。不过这些话，你们应该很难直接告诉对方吧。"

　　"……是啊。"

　　我不会说出口，我想莎布蕾也不会说。平时虽然会说"你好厉害啊"，或者互相夸赞一些小细节，可到底都会带上一丝调侃的意味。那……什么样的关系能让两个人坦诚地说出彼此的真实感受呢？恋人？家人？假如有一天我和莎布蕾变成了这样的关系，我能做到认真地看着她的脸庞说出"你真可爱"吗？

　　表面上看我只是在车上坐着，其实心里早就翻腾着幻想起了和莎布蕾的各种未来。不知不觉间，车子停在了711便利店的停车场。我们两个下车走进店里，外公让我想吃什么拿什么。店里日光灯的亮度和家里完全不是一个级别，刺痛了我的眼睛。我拿了中华冷面、袋装的干烧虾仁和无糖可乐，还给莎布蕾拿了开心果当礼物。外公将这些和自己要抽的香烟一起付了钱。

　　"谢谢您。"

"没事，别客气。话说回来，你在道谢的时候，每个字的发音总是很清晰啊。"

他又对我说了一句从未在别人那里听到过的评价。这种把关注点放在奇怪地方的习惯，让我感觉莎布蕾果然在某些方面和外公有着密不可分的关联。尽管莎布蕾不承认这点，我还是认为血缘关系多多少少在其中发挥了作用。

"是吗？"

"嗯，虽然是小细节，却会让人觉得你是个不错的男生。"

外公笑着说道，我便也回了个笑脸。然而截至目前，我的数据库里并没有被女生这么夸赞的记录，所以无法判定外公的话可不可信。我甚至怀疑他在套我的话，好在后来他也没有追问我和莎布蕾的事情。

趁着外公在便利店前吸烟的时候，我找了个没有烟味的地方喝可乐，顺便从口袋里拿出手机瞄了一眼，并没有来自海老名的信息追击。

外公吸着烟，咳了好几次。每每看到这样的人我都忍不住心想，不抽不就好了吗……

回去的路上，外公又问了问莎布蕾在宿舍和学校里的情况。

莎布蕾也说过偶尔才有时间和外公见面，估计老人家也一直操着心吧……我直接无视了自己也不怎么回家的事实。

虽然不清楚女生宿舍的情况，不过据我在食堂之类的地方看到的，莎布蕾和同学与前辈们之间一直很和睦，这些我也如实告诉了外公。在班上也是一样，女生们的真实关系暂且不知，至少面上看着都是其乐融融。还有一个性格有点恶劣的闺密，以及拒绝让缺心眼的男性朋友摸肚皮的自保能力。当然，最后这句我没说。

说起来，海老名和半饭他俩经常直言不讳地批评或者质疑莎布蕾的性格。像是"和莎布蕾一起做事儿，效率令人发指""为什么要纠结那种无所谓的问题"等等。前者自然是海老名，赶紧改改你的说话方式吧。

我是不会说这种话的。莎布蕾保持自己就很好，而且她也没义务为了别人改变性格和思维方式。

不知道这两个人如果被问及"怎么看待我的外孙女"时会如何回答。

我和外公又聊了聊班里其他同学还有什么昵称，不一会儿就到了家。我拎着装了食物的袋子下车后四下望去，恍惚间生出一种好似被人抛弃、又好似遭到了禁锢的错觉。

　　我趁外公洗澡的时候把买来的东西吃了个精光，碎屑扔进垃圾袋，等外公出来后也去洗了个澡。等我吹干头发回到客厅时，已经不见了外公的身影。

　　我从冰箱里拿了茶水，喝完后打开卧室的灯，关了客厅的。走进当作卧室的榻榻米房间，我下意识地先对着佛龛颔首致意，随后拿起洗澡时充上电的手机，一头倒进叠起来的被子里躺平，顿时回忆起了合宿时的情景。

　　二楼的莎布蕾发了一条简短的信息，很不好意思地表示自己没有注意到我们出门了。

　　而远在老家的海老名也发来了一条关于莎布蕾的坏消息。

　　"莎布蕾的恋爱观也麻烦得要死，你可要做好思想准备啊。有件事我不清楚你知不知道，那家伙曾经和同学交往了没两天就分手了，原因说是什么为了要更加珍惜对方。"

　　我的手骤然脱力，千钧一发之际将将躲开了手机砸脸的悲剧。

　　耳边传来类似"噗"的滑稽声音，是手机掉进了柔软的被子里。我急忙拿起来，然而完全不知道该对着海老名发来的信息做出什么反应。尽管脑海里冒出了"一般人哪怕心里有所抱怨也不会真的把闺密麻烦死了说出口吧"这样的吐槽，可这不是重点啊。

我今天才知道，莎布蕾居然和别人交往过。

我不由自主地仰头向上看，映入眼帘的只有一片天花板，视线也不可能穿透过去看到莎布蕾的模样和过往的经历。

其实，无所谓啦……

那都是我们认识之前的事，我不知道也很正常，再说我们只不过是还没找到机会聊这方面的话题……不，等等，所以意思就是说，莎布蕾有过喜欢的人，不管是对方告的白还是莎布蕾主动告白，总之莎布蕾有过交往对象……哪怕他俩没多久就分手了，这种感觉也好不爽啊。

当时的莎布蕾肯定还和对方牵过手，因为她已经有了这么做的意义。

我一想到那幅画面，瞬间像是被人用双手按住了脖子，血液都有些流通不畅。这种感觉顷刻间便席卷了全身。

我回想起了白天和莎布蕾一起握住门把时，她手指上硬硬的关节。

我喜欢莎布蕾，然而离得偿所愿之间还隔着一条鸿沟——在这趟旅程中，我第一次清晰地意识到了这件事带给我的焦虑。

这就是海老名的目的？很有可能。如果是这样，她可真是太坏了。拜托也考虑下时间吧，我现在根本缓解不了这份焦虑啊。

"女生之间果然会讨论这种话题啊。"

我不想被她发现自己破防的样子，于是回了句不痛不痒的话，然而貌似一下子就被看穿了。

"你别避重就轻啊呆头章鱼！"

"我今天吃了鱿鱼。"

发完了这句后，为了抚平心中的焦虑，我准备好好整理下思绪。难得收获了莎布蕾外公的夸奖，我试着接受这一事实，得出自己的想法。

莎布蕾谈过恋爱再正常不过，我光顾着不爽，却忽视了自己的情况。我也曾经和某个女生暧昧过，只是没有明明白白做出什么承诺。在这种情况下却不希望莎布蕾有过交往对象，未免过于专横。

……可是真的很不爽啊。

也就在脑子里还能装大度。

我有些生海老名的气，想来点报复。但我觉得她必定会报复回来，最终打消了这个念头。我开始和海老名聊些没营养的话题，权当是无足轻重的骚扰。与此同时戴上了耳机，打开音乐会员听名为 dustbox[1] 的乐队的歌曲。这支乐队是小灰昵称的来源，我也是第一次听他们的作品。主唱的声音也很好听，节奏比我预想的更快更激烈。

后天我们就要回去了。

估计都是因为海老名，不，绝对是她，我一大早就醒了，离闹钟响都还有一段时间。我走到客厅想喝点水，室内还空无一人。阳光从窗帘缝隙洒落，在这几天莎布蕾的固定座位上留下了一道光线。

外面传来鸟叫和咳嗽声。我走到窗边略微撩开窗帘，只见外公正在外面抽烟。他背对着房子，没有看到我。

我自己从冰箱里拿出冰凉的茶水喝了几口，随后上完厕所洗

---

[1] dustbox 是一支硬核朋克风格的乐队。

了手，这时外公已经回到了客厅烧上了水。

"早啊，濑户同学，今天起得很早嘛。"

"早上好，不知怎么就醒了。"

都打过招呼了，再回去睡下貌似有些奇怪。我一言不发地在原地站了几秒，外公似乎猜到了我在想什么，于是建议道："附近有个神社，你感兴趣的话可以去看看，距离正适合散步或者慢跑。既然平时有运动的习惯，我估计你也想活动下身体吧？"

正如外公所说，这几天进行过的运动也就只有 DIY 铺路，我都有点担心身体会不会生锈了。这会儿稍微运动下，也免得回去后没状态。我接受了外公的建议，跑跑步，或许还能消除掉海老名留在我心里的疙瘩。那家伙肯定还带着居心叵测的表情睡得正香。

我叠好被子洗完脸换了衣服，问了神社的名字便打开手机搜索。显示出的地图上被绿意覆盖。

"那我出门了。"

"嗯，注意安全。"

我转身离开客厅。而就在我的路线前方，莎布蕾正好从走廊中间的楼梯上走了下来。我发出了毫无必要的惊讶。

"我天！"

"欸？怎么了？啊，早啊咩咩。"

"嗯，没事，早啊。就是挺赶巧的，吓了一跳。"

"那还真是抱歉了，可我们隔这么远还能吓一跳？"

莎布蕾一脸诧异。她说得没错，我们之间的距离甚至还能容得下三个人。她应该没有意识到我说的赶巧其实不是指她下来的时机。

"你要去哪儿，也太早了吧？"

"到晨练时间了，我就想着去跑跑步。"

"好认真的社团学生啊。"

"你也一起？"

说完，我都想问问自己说好的要转换心情呢。

"我没你那么强壮，早上跑步可吃不消，散步的话也许可以。"

"哦？那也行啊。"

活动身体的计划立刻遭遇阻碍。这不怪莎布蕾，只怪我意志薄弱。比起运动，我更享受两个人的共度时光。毕竟过了今天，我们就不能再一整天都待在一起了啊。

我像个傻瓜一样原路返回，在客厅等莎布蕾收拾好。而原本只是来喝水的莎布蕾，也被我搅黄了回笼觉计划。洗完脸整理完头发后，她又穿着和昨天一样的拼布裙走了进来。

"行吧行吧，那就在我的人生里亲身感受一次社团学生的心情吧。"

"要不然我们试试憋着气进行坡道冲刺？"

"冲完我会死的，咩咩。"

看到莎布蕾发自内心地面露担忧，我不由笑了起来。我运气好，目前还健在，所以不需要露出这种表情。

我们再次知会了外公一声后出了家门。

我和莎布蕾都是右手抓着从冰箱里拿出来的500毫升瓶装水。用同一只手抓着，自然也就意味着不能牵手。尽管如此，我却莫名感到了安心。昨天还在骂海老名，今天就这么好拿捏，我都为自己感到羞愧。

走到铺好的路上，照在沥青上的阳光有些晃眼。不过多亏了轻柔的微风和一棵棵大树投下的阴影，我并没有觉得太热。

我以为半路上肯定会聊起莎布蕾写的总结，准备好了听她汇报昨天伏案努力的成果。

然而她没来由地对我的晨练内容起了兴趣。既然她问了，我就想吓她一跳，于是选了项目特别累人的一天对她讲了讲。

可说着说着我心里却有点不安。

莎布蕾刚才的担忧似乎是发自内心的。这么说是因为，她一直在一脸认真地听我说话，既没有随声附和也没有发出惊叹。

"你一定不要死了啊，咩咩。"

最终，她甚至说了这么一句话，语气一点都不像在开玩笑。我不知道该如何回应，下意识转移了话题。

"也担心担心半饭吧。"

"当然，半饭也是如此。"

"感觉他像是顺带的。"

"听起来像是顺带的？哪里像了？"

走在柏油路上的莎布蕾骤然提高了声音。

说是提高声音，但也并非是气势汹汹的样子。怎么形容呢，就好像电视剧里，主角一路跑到家人住的医院问医生："他得救了吗？！"我感觉她些许的质疑中就凝聚着这样的拼命感。会在乎对于其他人来说无所谓的言辞，这很有莎布蕾的风格。可令我吃惊的是，这次却有一种前所未有的压迫感。

前方驶来了车辆，我们两个往路边靠了靠。正好有一片树叶被车辆经过身旁时带起的风吹到了我脸上，让我反应片刻才做出回答。

"不是，与其说是你的措辞问题，不如说半饭的性格就给人这种感觉。我真的没觉得你说的这句话听起来像是顺带的。"

"是吗，抱歉，是我误会了。"

"不用道歉啦。"

莎布蕾安静了下来，像是沉浸到了思考中，时而定定地看着柏油路，时而又抬头望向天空。我也没有说话，看到莎布蕾刚才认真的模样，我不想打扰她。这样的沉默没什么不妥，毕竟一开始我计划的就是一个人静静地跑步。

幸好我并不认为莎布蕾过分介意的性格是个麻烦。

我们两个人依然都是右手拿着水瓶。可这又如何呢？

"咩咩，你知道'Thanatophobia'这个词吗？"

发音过于陌生的字眼，让我一时没有听懂这个突如其来的问题。

"不知道。"

"不知道啊……"

"什么意思？"

"嗯……对于不知道'Thanatophobia'意思的人来说，听到它的含义后可能就会陷入这种情况，所以或许还是先查一查这方面的内容再跟你解释比较好。"

"这个词怎么听起来像是催眠术一样。"

"不不不，类似于某种症状吧。"

"也就是某个疾病的名字？我没那么敏感，不会一听就得病，再说反正我也会好奇地去查，你就告诉我吧。"

而且肯定是因为想说，她才会提起这个词。

"嗯……那我尽可能注意措辞，让你觉得事不关己，好吗？"

虽然我不知道她会如何解释，但我对于莎布蕾想说的东西兴致盎然，于是点了点头。

"简单来说，就是一想到死亡便会特别害怕。"

"……大家不都这样吗？"

"话是这么说，但是大家在吃饭的时候、洗澡的时候、和朋友一起玩儿的时候，咩咩的话还有参加社团活动的时候，应该都不会满脑子想着死亡很可怕吧？"

"这倒是，所以在看到死亡电影时，要是人物死得特别惨也会让人觉得更不想死啊。"

"这和我说的还不一样。'Thanatophobia'指的是一个人无论做什么，都会猝不及防地想到'我不想死，好可怕'，最后被不安击垮，无法静下心来做任何事情。翻译过来叫作'恐死症'。"

"听起来非常影响生活啊。"

毕竟这和恐高症等情况不一样，根本无处可逃。

"我上小学时得过恐死症。"

就在这时，宛如电影转场般，一条长长的阶梯正好出现在了我们眼前。不知道她的说话节奏是不是就等着这一刻，如果是的话那也太厉害了。阶梯最上面还能看到红色的鸟居。身旁的人仿佛暂时忘掉了恐死症的事情，耳边传来不情不愿的"哎哟……"声。

"还等吗，莎布蕾？"

"嗯……好，上吧！"

"就这点台阶，还不至于这样下决心吧。"

我笑着提步前进，运动鞋底踩在石头和沙子上响起了打滑声。

"恐死症，然后呢？"

"先……爬上去……再说……"

"OK。"

看到莎布蕾爬楼梯都比常人更加辛苦的模样，我也不再过多打扰，决定先自己思索下。

恐死症。生活中每时每刻都伴随着对于死亡的恐惧和不安。

我仿佛是看到了过分介意的莎布蕾最为真实的一面。她从儿时起就有这种感觉吗？能了解到莎布蕾过去的性格，我有些开心，不过这话我是不会和她说的，毕竟这对于她来说或许是一种心理阴影。昨天听到海老名提起往事时内心滋生出的疙瘩，似乎在一点点消失。

我回忆了一遍自己从小到大的记忆，未曾有过类似于恐死症的症状。可能有时看恐怖片会吓哭，或是看到地球灭亡的电影会胆战心惊。不过对于这些，我都没什么印象，大概是扭头就忘了吧。

我就是这样，会把那些负面情绪抛在脑后，留下的只有对于通过生存和死亡探寻生命能量的兴趣，因而欣然接受了此次的邀请。还好我不是那种过分介意的性格。

要是我们俩都是那样的性格，感觉会很难顺利相处下去，各种意义上都是。

我不由地回想了一遍莎布蕾周围的朋友，意外地发现找不到一个执着于琐事的人，说不定大家就是自然而然地组合成了融洽的朋友圈。

终于踏上了阶梯的最后一级，我回头向后看。微微喘气的莎布蕾还剩下三级，她的头后方有一条细细的小河，在阳光的照耀下波光粼粼。在我头顶上的鸟居外漆斑驳脱落，还有生锈的钉子向外突出。

"嘿咻……我比自己想象的要厉害啊！"

"不错不错，辛苦了。"

我轻轻鼓掌，莎布蕾宛如跑完了马拉松全程的运动员似的应道："多谢多谢。"她举起瓶装水喝了几口，接着转了一圈环视四周，我也随之四下望去。

之前我一直期待爬到顶后会有美景等着我们。

然而这里只有一个被树木掩盖着的老旧神社，很小，而且整个环境都充斥着阴暗的氛围。

"这么努力爬了上来，竟然什么都没有啊。"

"氛围倒是比昨天那个房间更像是死过人的。"

"嗯。"

莎布蕾安静地点了点头，随后一个人走向了褐色的神社。我有意提起了一个莎布蕾可能会接话的话题，却被直接略过。我只好跟在她身后。

"来都来了，参拜一下？"

"说的也是……啊，但我没带钱。"

"我带了 130 日元以防万一，借你 10 块吧。"

"谢啦。"

莎布蕾从估计要拿去买饮料的钱里分了一部分给我，于是我拿着这 10 块钱先一步扔进了赛钱箱①。

我把瓶装水夹在腋下双手合十，但其实并没有要祈祷的东西。

昨天的经历让我开始思考世界上或许根本没有鬼魂，至少在如今的我心中，这件事也影响到了我对于神明和精灵等等的信仰。

我和莎布蕾都很快放下了双手。

待在这里也无事可做，我们索性走回了阶梯。再次穿过鸟居时，莎布蕾从口袋里掏出手机对着阶梯下方的风景拍了起来，我也在原地驻足。

趁着这个机会，我尝试问道："你说曾经得过恐死症？"

---

① 赛钱箱是日本神社内用数根细木条横在开口处，侧面写有"奉纳"字样的器物。

“嗯，没错。”

“咔嚓”一声响起，可能是没拍好，莎布蕾依然举着手机。

“小学有段时间，我害怕死亡怕得不行。有时候会在家里突然哭起来，惹得家人担心。而且还一个劲儿地说害怕害怕，让人觉得麻烦。每天都会想死亡到底是什么，死后的世界是什么样的，甚至问得父母都生气了。”

“不过你现在长大后还在做着同样的事情。”

“是啊，如今这只是我的一个兴趣罢了。”

莎布蕾又一次按下快门。这和我的兴趣如出一辙。

“至于为什么想说这件事……”

“嗯。”

“昨天看到那个房间，我强烈地感受到，我不想死，结果那种恐惧死亡的感觉又死灰复燃，晚上也在不停地折磨我。所以敲门声和发的信息我才没有第一时间注意到，抱歉啊。总结的内容也完全没有写完。”

“欸？那你没事吧？”

莎布蕾不好意思地笑了笑，语气好似在闲聊，可我却十分担心。她陷入了那样的困境，我竟然一无所知，还让她一个人待在房间里。昨天晚上我应该再认真跟她聊聊的，那会儿压根儿不是听外公夸奖的时候，如果再往前翻，或许也不该光顾着吃鱿鱼。莎布蕾受到的冲击，原来这么严重吗？

"没事，反正这份报告没有交期。"

"谁说这个了……"

"抱歉，开个玩笑。总之我怎么说也是成长了嘛，到早上就没事了。然而接下来我又觉得，我是不是太冷漠了才只在乎自己的死活，于是就开始过度关注咩咩你们的生命。"

"所以刚才才会异常担心我的晨练吗？"

"是的，我想得有点太多了，语气也很生硬，对不起啊。"

是因为害怕我心生反感，所以才谈起了恐死症吗？莎布蕾还是一如往常啊。

"一点都没关系。"

没错，我完全无所谓，但是……

"你说出来啊。"

"说出来？"

莎布蕾从手机上抬起头朝我这边看过来，直直对上了我的目光。除了想碰触之外，我又萌生出了其他冲动，可她的手如今却被手机占据。

"没错，想得太多难受的时候，你可以跟我……还有海老名、半饭等人说啊。我们都了解你的这种性格，说了之后，也许就能缓解害怕的心情。"

冷静下来后才想起来回信息，也就意味着莎布蕾没有和海老名或者其他任何人求助。即便不考虑这个事实，我觉得莎布蕾也不会在自己痛苦万分的时候选择求助他人。她可是会担心恐死症有可能影响到别人的人啊。

"所以你可以说出来，哪怕是在我吃鱿鱼的时候。"

我本身没有什么特别的意思，只是把内心的想法说出来，听起来仿佛是我在信心满满地表示自己能帮上忙。对着朋友说这种话简直太羞耻了，最后我只好搪塞过去。我下意识移开了视线，看向阶梯前方那条细细的河流，水面自然是依旧泛着波光。

蝉鸣从未间断，而莎布蕾的吸气声却衬得那声音更加明显了。

"好，我会说的。"

"嗯。"

我也不知道她到底该怎么做才能让我不害羞，是表示接受，还是笑我白痴？总之为了打破这种像是友情漫画中会出现的有些令人难为情的氛围，我决定说点煞风景的话平衡一下。

"你身边有海老名这样的朋友不就刚刚好，她那种人能肆无忌惮地对别人说宰了你。"

"咩咩你也是这样的人啊。"

我没听懂她话里的意思，于是再次看向莎布蕾。她也在看着我，而且不知为何露出了一副不可思议的表情，我甚至无法用语言形容。

"欸？我可不会把恐吓别人什么的话挂在嘴边啊。"

"抱歉，我说出来的话自己却还无法解释。等我想好了再告诉你行吗？"

"嗯，不过到底怎么回事？"

"很难说呢……"

我们俩带着困惑走下了台阶，这时又有一片树叶被吹到了我脸上，这次我的反应有些夸张。

"对了莎布蕾，你在神社许了什么愿？"

"什么都没许。"

我猜就是。

稍微想想就能明白。不管我再怎么急躁，也不会在对方亲戚家向莎布蕾告白。

吃完早饭后，我们今天上午将出门游览。外公会开车带我们去莎布蕾想参观的博物馆。实际上我也被提前问过有没有想去的地方。然而搜了搜发现，能去的景点都是些博物馆、遗址，还有自然风景之类，于我而言差别不大。所以我也就任由他们安排了。

那座博物馆就在夜间巴士下车的车站附近。整栋建筑都被大红色的漂亮栅栏覆盖，入口处的设计颇具诡异之感，仿佛是强行将栅栏撬开，有种即将走进内脏里的错觉。

"哇哦，厉害了！"

莎布蕾都还没出声，我这个原本毫无期待的人倒是在付完入场费进入展厅后率先发出了惊叹。

昏暗宽阔的空间中，闪耀着缤纷色彩的巨型作品依次排开。一看到这些巨大帅气的东西，我就忍不住兴奋得像个傻瓜。在我呆立在原地的几秒内，直到刚才还在我身边的莎布蕾已经走到了最近的展品前看起了简介。

这种时候，莎布蕾都会随心所欲地逛来逛去，一旦看到喜欢的作品就会停在同一个地方看个没完。也许就像是一只来去自由的鸽子，上学时看到它在宿舍的院子里，下课回来发现它还在那里。

入学第一年，我们有节课是去参观博物馆。当时海老名反反复复念叨着"看腻了""好无聊"，而旁边的莎布蕾却独自专注地看着作品简介。那会儿是真的要写总结报告，我们都是靠着莎布蕾的记忆才完成的。

我和海老名一样，都不会对博物馆等地方的详细说明做过多停留，这次也依然准备回头再向莎布蕾打听展品的由来和做法。我在一个巨大的展品四周来回转悠，想要看清它的全貌。这是代表这片土地的祭典的象征，和昨天掺杂了 J-POP 导致氛围奇怪的橹台截然不同。即使从背面看也是同样震撼。

看完一圈回来后，莎布蕾又不见了。她可能是去了后面，跟我刚好错开。作为朋友来说或许可以追在她身后，可作为暗恋者来说就有点令人厌恶了。况且外公也在看着，我干脆按照自己的节奏走向了下一个展品。

如此这般不停地参观，最终理所当然是我先看完了展品。我围着最后一个作品转了一圈，重新整体欣赏了一遍，结果莎布蕾的脚还粘在某个简介前一动不动。外公说不定已经来过好几次了，已经悠闲地坐在了墙边的椅子上。我应该可以趁着这会儿去找莎布蕾会合。

"你总是这么认真啊，莎布蕾，全都看了。"

我站在她的身后说完，只见莎布蕾带着复杂的神情回过头来。她的眉毛看起来很悲伤，可嘴角又像是在笑。

"与其说是认真，不如说是我心里的强迫感在作祟吧，总想着一定要把这些全部看完不可。我自己也觉得没什么意义。"

我才知道，这竟然也是莎布蕾过分介意的一环。

"不过你这么做是正确的啊，毕竟简介也包含在了门票里，我这种不看的人才是亏了。"

"我不认为是亏了。同样价格的食物，不管是吃光还是有剩余，只要本人吃饱了，那么价钱就符合它的价值。"

"确实……如此。我想起了小学时的一件事，可能和你说的不太一样。那时有同学吃了学校的配餐还有剩，结果老师说全世界还有人连饭都吃不饱呢，可我觉得饿肚子的人也不会因为学生把剩下的饭吃完了就能得到拯救啊。"

"小豆丁咩咩还真是乖张呢。"

莎布蕾不知为何似乎很喜欢这个称呼。

这算是乖张吗？可对于当时的我来说就是一个发自内心的疑

问。然而这一丝别扭的感觉也在看到莎布蕾伸来的大拇指后变得无所谓了。

"我也这么觉得。"

出了博物馆，我们在车站前慢悠悠地散了会儿步，接着外公请我们吃了鳗鱼盖饭，而莎布蕾最后却剩了一点米饭。我想她应该不是刻意要将刚才的对话情景再现。不过到底是女生用筷子夹过的食物，我也不可能把她的剩饭收底，这点米饭只能放弃了。反正就算全部吃光，除了我和莎布蕾，其他谁的肚子也填不饱。

据说鳗鱼是莎布蕾提出要吃的。她果然很喜欢这种高档货。现在想来，开心果也属于低性价比食物，价格不便宜，量却没多少。假如我们以后交往了，搞不好开销会令人咋舌。

吃完饭，我喝着店员端来的茶水，将这四天来重新认识到的莎布蕾仔仔细细回想了一遍。

爱吃高档食物、在亲戚面前不会触发过分介意的性格、其实会面不改色地撒谎、和外公在某些方面很像、敢于在尴尬场面打破僵局、对苹果糖有执念、实际上有过交往对象、曾经得过恐死症。

于我而言，她有过男朋友这一事实的分量，与其他印象有着质的区别。老实说，一想到她经历的很多第一次可能都不是和我一起，心里就郁闷。

不过换个角度想想也不全是坏事，这证明了莎布蕾本身并不排斥恋爱。感觉自己的机会又大了点。但想要珍惜对方所以把他给甩了，这和海老名口中的罪恶感一样让人摸不着头脑。女生还真是难懂。

不知道莎布蕾在这几天里对我的印象有没有发生变化，真希望她能因为 DIY 铺路时干的体力活而觉得我很有男子气概。

我用余光看了眼坐在旁边的莎布蕾，没想到她也正看着我。

"咩咩，你很适合茶杯呢。"

"什么啊，从没听人说过。"

"茶杯比玻璃杯适合你，但我的意思也不是劝你放弃用玻璃杯啊。"

"你这话说得就和'短发更适合你'一样，可我还是不懂……"

莎布蕾和外公都笑了起来，既然如此，她话里的意思听不懂就听不懂吧。适合茶杯吗……别是说我老气横秋的就行。

我们谢过外公请的鳗鱼饭后离开饭店，接着坐车前往下一个目的地。

行驶了十分钟左右，我们停在了一栋老旧的日式大房子前。这栋房子的车库……或者该说是仓库里，一辆与整体氛围毫不相称的外国车挤在里面占据着空间。

推拉式的玄关没有上锁，外公轻而易举地拉开了门。这时，里面跑出来一只小狗汪汪大叫。是吉娃娃。狗的种类也和房子不搭调啊，也没有闻到线香的味道。

吉娃娃之后，时隔两天未见的那位老太太不紧不慢地走了过来，带着比那时更加柔和的表情将我们迎进家门。估计是那种一开车就仿佛换了性格的人吧。

是外公帮我们约好了今天的见面，为的是让莎布蕾送上那一天的谢礼。

原本只在玄关寒暄下就行，可老太太却将我们领进放了坐垫的榻榻米房间，还在厚重的木桌子上摆了茶水和额外的点心。莎布蕾有些过意不去，但我已经不客气地吃了起来。我们和老太太聊了聊（不知道是来到这边后第几次谈到的）校园生活。她的丈夫这会儿不在家，似乎正在道场里教小孩子空手道。

我们在这趟旅程中第二次被问到了两人之间的关系。

"哎呀，你们不是情侣啊。"

听到对方的话，莎布蕾如同和彩羽妈妈解释时那样先笑了笑，然而回答却和当时不同。

"他是个会配合我突发奇想的有些另类的人。"

"另类是什么意思啊？"

这样的变化令我十分在意，忍不住像个傻瓜一样吐槽。

这话如果出自他人之口，我会觉得是个偶然。可说出来的，是莎布蕾。我不认为她是随口一说。也不知道这对我来说是好是坏。要是海老名在这儿，可能会用我和半饭想象的恶意角度去解读吧，可现在正因为理解不了，我才更想知道。

要是只有我们两个人，她还会做出同样的回答吗？

莎布蕾像是在故意装糊涂："就是字面上的意思啊……"

她这个表情让我回想起了昨天和外公说过的话。也许因为我们是真正的好朋友，所以无法将对对方的想法坦诚地表达出来？

离开老太太家时，我和莎布蕾的手机收到了一模一样的通知，并在回到了三天来同吃同住的家中后同时发现了信息。半饭在名为"班级 & 宿舍"的群聊里发了张图片，是他的自拍，远处还有海老名，坐在类似家庭餐厅的座位上正要把鱼贝鸡米饭送进嘴里。紧跟在图片之后，海老名回了一条"再偷拍宰了你"。半饭答曰

"被踢中小腿，造成 50 点伤害"，没有半点悔改之意。

"这是哪儿？"我这么想着也就直接发了信息，半饭立刻回道"宿舍里没一个人在无聊死了，我就来海老名老家了"。就在我震惊的瞬间，他接着又说道"为了做交易（钞票表情）"。说什么蠢话呢！尽管我没把这句吐槽说出口，但我强烈的想法可能成功传达给了他。

"交易？"一旁和我一样看着手机的莎布蕾有些疑惑，半饭估计也很快意识到了不妥，赶紧发了一条"打错了"，之后他和海老名便石沉大海。你们别让我一个人和莎布蕾解释啊！

要想把整件事讲清楚就不得不提到胆量大比拼那件事。我可不想被莎布蕾当作共犯，只好打哈哈地说了一句"可能是作业之类的吧"。"是吗——"莎布蕾仿佛看透了什么的语气，听起来好恐怖。

话又说回来，坏心眼的海老名还挺受欢迎，连着两天都有同学去找她玩儿。比起一心一意的小灰，她竟然会和半饭那种人关系更好，这让我一直都觉得不可思议。

"海老名为什么和半饭关系不错，却还在生小灰的气啊？"

我猜莎布蕾或许知道点什么，当然也是为了稍微转移一下话题。

"因为半饭愿意为自己做的事情负起责任啊，不过要说认真那自然是小灰。"

没想到莎布蕾毫不犹豫地做出回答。我有些吃惊，还以为她会仔细考虑考虑该怎么说。这样的反应仿佛是在回答一个已经给出过答案的问题。而且过于简洁，没有她惯常会说的解释，以至于我没有弄懂这句话的意思。这是想表达什么呢？

我有些在意。话虽如此，我并不是在担心半饭会和海老名交往。我更担心的是一直热脸贴冷屁股的小灰的心情。代入到我自己，我都忍不住身子一抖。

不待我找到答案，厨房里就飘来了一股香味。

还是先把遁走的二人放在一边吧。

我们分别坐在这几天已经变成固定位置的椅子上，喝着外公泡的咖啡简单休息片刻。

接下来趁着天还亮，我和莎布蕾准备把这几天各自居住的房间打扫干净。这自然是莎布蕾提出来的，既然她这么说了，我也会好好收拾一下。打开吸尘器，把被子挂在外面的晾衣架上拍一拍，顺便把被迫堆在房间一角根本没用过的桌子仔细擦干净。真是越来越有合宿的感觉了。

多亏于此，我的脑海里清晰地浮现出了自己明天回家的样子。我莫名感到了惶然，一颗心仿佛突然滚落在地。如同原本被几根棍子支撑着的皮球，当其中一根支柱消失不见后掉了下来，漫无目的地骨碌碌滚向了远方。莎布蕾或许会形容得更加精准，可我的内心只有我自己能描述。这样的比方已经是我的极限了。

我想，应该是类似于落寞、不舍之类的心情，可似乎又有些不一样。

我拿着佛龛前厚厚的坐垫到室外抖掉灰尘，其间又思索了一遍，还是没办法组织出恰当的语言。对于莎布蕾倒是除了喜欢以外没有别的情绪呢……这样的想法冷不防冒了出来，让我一下子羞耻得自己都难以置信，以至于在走廊里和她擦肩而过时都不由自主扭开了脸。万一到了告白那一天该用什么表情啊。

我们在打扫卫生，外公则戴着老花镜坐在客厅的桌子旁写信。如今还用手写可能才像是他这一代人会做的事情。外公咳嗽了一声，似乎是把字给写歪了，结果把整张纸都重写了一遍。这种地方又让我感觉到了他和莎布蕾之间的关联。

打扫过程中没有弄坏东西，也没有发生意外。我们顺便拉着吸尘器把客厅和走廊也过了一遍。莎布蕾宛如鸡蛋里挑骨头一般拿着抹布仔仔细细地擦着灰尘，要是让不知道她过分介意性格的人来评价，估计会说将来能成为一个好妻子之类。没准儿先前那个男的就是这样喜欢上莎布蕾的，只看到了她的表面。

……我今天满脑子都是莎布蕾。

尽管暑假前就是如此，这几天也是这样，可今天尤为夸张。

我想可能是因为昨天的焦躁还没有消失。即便如此，这样的念头也不可能促使我们两人在这个空间里发生某些特殊事件。

打扫完已经到了傍晚，我们坐着外公的车来到了一家荞麦面馆。据说外公是这家店的常客，他一直琢磨着要带我们来一次。这里的荞麦面的味道和口感都和我们食堂的截然不同，当然价钱也不一样。莎布蕾也边吃边连连称赞。

吃饭时，外公随和地问起了这三天来的感想。我不擅长总结这种东西，基本上都是凭感觉在生活。但这就和学校的作业一样，不能不提交。于是我便直言了自己的感受，比如 DIY 铺路意外地很有意思、生命和死亡比自己想象中的更加复杂、外公做的饭都特别好吃……连我自己都忍不住觉得太肤浅了，但外公却欣然邀请我下次再来玩儿。他的态度让我单方面地觉得心里有了底，我和莎布蕾似乎能在外公的见证下迎来光明的未来。

莎布蕾说出的感想比我的更加复杂，很有她的风格。外公则表示很高兴能为我们的兴趣帮上忙。他的回应把我也包含在内，我们两人便一起道了谢。

随后回了家，平静地度过了最后一个夜晚——看看电视，吃点开心果，把洗好晾干的衣服收回来。并没有什么特别之处。

我想，可能是昨天面对彩羽时受到的冲击过于强烈。虽然今天的博物馆很精彩，鳗鱼饭和荞麦面也都是美味可口，但愉快中又夹杂着些许的不满足，或许也可以说是失落。当然，和莎布蕾之间并没有发生让我心绪飘扬的事情也是原因之一。

不管怎么想，这趟旅程都是让我们突破现状走向亲密关系的好机会啊……眼看今天即将结束，萦绕在体内的焦躁推动着我掉下来的那颗心越滚越快。明明根本就没有采取什么行动，我却感到了毫无意义的懊悔。

我曾在比赛中经历过无数次必须在一瞬间做好心理准备的情况。纵然能下定决心和莎布蕾一起旅行，然而到了关键时刻却完全不行。这或许就是我无论多努力训练也无法成为日本第一的原因吧。我太过沉浸在能和她待在一起的日子里。虽说毕业还早，可我们注定会迎来这一天啊。

今天外公也在客厅待到了很晚，和我们一起看电视上播出的电影。就算是二人独处，可谁会在人家外公家里给告白做铺垫啊……想是这么想的，然而即便没什么必要，我还是有些坐立不安。

在这样一个夜晚，看着无法暂停的电视节目的莎布蕾又是什么样的心情呢？

老实说，我心里暗藏了期待——我们关系都这么好了，莎布蕾哪怕称不上喜欢，但实际上会不会也对我有一些恋爱意义上的好感？如果是这样的话，在这样一段特别旅程的最后，她应该也不想白白浪费二人独处的时光吧……

很快我就知道自己想得太美了。外公说完晚安回到自己的房间后，莎布蕾也立刻冲了澡，接着精神饱满地对坐在客厅里的我说道："晚安，明天见咯！"我什么话都说不出来，但总觉得很不甘心，半开玩笑地吐槽了一句："访问报告不写了吗？"就和她道了别。尽管我心里其实很清楚，她估计马上就会动笔。

只剩下了我，以及外公害怕忘记、提前拿出来放在桌子上的信封孤零零地待在客厅。冰箱的声音在此刻听起来格外明显。

　　我也先去洗了个澡，吹干头发换上睡衣，在榻榻米房间里简单收拾了下行李后拿出了手机。

　　"和莎布蕾有进展没？"

　　我没有理会海老名发来的信息，转而带着不甘、调侃和夸赞的心情向小灰发了一条"你可真厉害"。他应该能明白我指的是他和海老名的事情。

　　熬夜也无事可做，于是我铺好被子关上灯躺了下来。整个空间陷入一片黑暗，唯有外面传来其他生物的叫声。我怔怔地望着天花板，莎布蕾的面庞浮上心头。这时手机亮了，是小灰的信息："我只是放不下。"

　　放下……如果我被莎布蕾拒绝了，不知道会不会和小灰一样不断挑战。

　　光是这个前提我就不愿再想下去了，脑袋似乎也在黑暗里隐隐作痛，因此索性放弃了。这样的情况，小灰已经面对过无数次，真的挺厉害，而且你这家伙脑子可有点不太正常啊。

　　眼睛逐渐习惯了黑暗，我盯着已经能看清的天花板的肌理，试着回想其他朋友——昨天和今天都说了多余的话的半饭。"性别男，爱好女"这句话，从他的行为举止中展现得淋漓尽致，然而我从来没听他说过特别喜欢谁。虽然动不动就说什么那个女生好可爱，但他并不会说自己喜欢谁。是因为把自己的爱分散了出去？或是眼里只有欲望？不管是怎样，以后估计仍然会有女生对他看走眼，然后某天再被海老名踹一脚。这就是莎布蕾口中的"自己负起责任"？他倒是的确总会受到惩罚。

对于无甚特别感情的女生，半饭似乎也有各种各样的想法。但我也不会疑惑为什么没有情愫还会这么想，我能懂这种"正因为没有才能脑补"的感觉。我也是一样，如果对象是班上只有过简单交流的女生、学姐学妹，或者说得再远一点，女演员、偶像之类的，在冒出一些想象时会更加没有负担。可一旦对象变成莎布蕾，我瞬间就会觉得自己像在做什么十恶不赦的事情，更具体点来说，仿佛自己的心意全都是谎言一样。如此看来还是海老名那样的更好。那家伙也是我的朋友，但和喜欢的对象之间却有一条判定出局与否的明确界线。

话虽如此，我也不是没有想象过和莎布蕾一起，只是都会半途而止。毕竟都是住宿生，很容易从真实生活进行脑补。像是洗完澡、睡醒时的样子等，放在平时已经不会有眼前一亮的感觉，但在这种时候却十分有用。

我的手心似乎已经感受到了想象中那种轻柔的触感，突然，宛如瞄准了这一刻一般，外公咳嗽了一声。我像是被骂了一样，赶忙驱散了脑海中的画面。如今我不再认为家里有外婆的鬼魂，却更加在意起活着的外公的耳目。

我翻了个身侧躺着，榻榻米的味道又浓郁了几分。外公的咳嗽声再次传来，这几天时常能听到他在咳嗽。干吗不直接戒烟呢……

我闭上眼睛，这次想到了莎布蕾的内在。在这四天里，她一如既往地过分介意、对奇怪的事情感兴趣，而气势十足的模样却与她自己和别人都认定的柔弱外表形成了反差。

恐死症……今天早上刚听过这个词，因此我的印象还很深刻。

怕死这种事，我也是一样。可既然会冠以"恐死症"这样的名字，那对于死亡的恐惧程度想必和我的感觉截然不同。我不清楚具体是什么情况。就好像偶然得知洁癖之人摸不得电车上的吊环时令我完全无法理解一样，我感觉自己永远都不会明白莎布蕾在患有恐死症的那段时期里是怎样的心情。

所以我不知道该如何正确地表达自己的担忧。如果是擦伤或者划伤，我对于痛感会有大致的了解，能告诉她这种情况不要紧，或者让她马上去医务室。可一直不停地恐惧死亡，我真的不知道该如何关怀这样的心情。

然而，假如恐死症再次席卷上莎布蕾的身体，我打心眼儿里希望能想办法消除她的不安。我愿意相信自己能做到，毕竟治疗癌症的医生也不是都得过癌症。

回去后查查看关于恐死症的资料吧。

随意定下了这样的计划后，我突然想到。

不管是什么样的不安，几乎都会在黑暗中被放大。

太阳高挂时还认为没有问题的事情，往往会在躺进被窝的时候突然冒出担忧。

莎布蕾今天没事吧？

她今晚还会再次遭受已经遗忘的恐死症的折磨吗……

和昨天一样，即使平躺着也不可能直接看到住在二楼的莎布蕾。谈不上是在期待什么，但我还是竖起了耳朵，试图从天花板的咯吱声这种细微的信息里感受到她的内心状态。

毫无疑问，根本听不出来。

陷入不安的，还有暗自以为会是个好机会的，兴许都只有我一个人。

冷不防跑到人家房间问有没有事，肯定行不通，而且万一她睡了还平白添麻烦。

发条信息应该可以吧，要是她没看到，明天对我说一句"不好意思睡着了"就完事了。

我还没决定好，但手已经伸向了枕头边的手机。抓到后举到脸前，按亮后的屏幕发出白光，却没有任何通知。

我打开连我开始打字——

"没事吧"……删掉；

"恐死症消失了吗"……删掉；

"我有话想跟你说"……最后还是删了。

我把手机放回原处，摸索着插上充电线。感觉自己准备好的话似乎没有一句能发给莎布蕾。

我又听到了外公的咳嗽声，这次连着咳了好几下。

昨天晚上也听到过他接连咳嗽两三次。

今晚的咳嗽声更是持续了好久好久。

就在我觉得有点担心的时候，突然听到了有东西掉到地上的声音，还不止一个。

与此同时，咳嗽戛然而止。

我在被子里犹豫了几秒，还是放心不下站了起来。

我推开连通走廊的推拉门，摸索着打开走廊的灯，踩着咚咚的脚步声来到外公房门前站定。

正要敲门时，我又想到如果对方没什么事，这样可能会太吵了。于是小声问道："您还好吗？"

没有回应。很难相信他会没有被刚才的动静吵醒，难道上了年纪的人睡得沉？

我试着把耳朵贴在门上。

里面传出细微的、类似于缝隙漏风时的尖锐声音，还有像是洗衣机排水时的声音。

我记得在社团里听到过这种混合声。

是过呼吸[①]！

我在意识到的瞬间打开了门。

走廊的灯光让我看到了坐在房内床上的外公，以及掉在地上的水杯和湿了的地毯。

我跑过去跪在地上呼喊他，然而或许是因为外公情况异常，

---

① 过呼吸就是呼吸过度，引起呼吸性碱中毒，造成手脚麻木，严重时四肢抽搐。

他仅仅是瞪着我一样看了一眼，随后一直在痛苦地试图呼吸。外公只字未发，却想要朝着头顶的柜子伸出手。

我不清楚他是否真的是过呼吸，还是其他疾病。如果是过呼吸，当时那位在社团中痛苦不已的前辈经过治疗后似乎没有生命危险，但也可能是因为对方年轻。外公看着是很有精神，可怎么说也是年过七十的老人了。

最坏的情况……会死吗？

"我把莎布蕾叫来。"

我站起来奔出房间，没有立即按照对外公说的话做，先回到榻榻米室拿了手机才跑上楼梯。

"莎布蕾！"

站在房门前喊完后不到一秒，门就打开了。估计是她还没睡，而且听到了我的脚步声。

"怎么了？"

莎布蕾睁大了眼睛。我想张口跟她说明情况，可手上也正要拿手机按下119[1]，两个动作撞到一起，整个人瞬间宕机了。不过

---

[1] 日本的急救和火警电话统一为119。

我总算是将搅在一起的两条脑回路成功分开，暂时放下了手上的动作，跟莎布蕾解释道："外公呼吸不上来了，很难受！"

"欸？"

"我来叫救护车，你去看着外公。"

不等莎布蕾反应，我一边下楼梯，一边终于是按下了119。感觉到莎布蕾跟在我的身后，我也就没有回头。

我跑到走廊，拨号音很快接通了。第一次打急救电话令我很紧张，但现在也顾不上那么多了。

"您好，这里是119消防局。您是需要急救还是消防？"

我这才知道原来不是直接打到医院，而是先打给消防局。这时，我不知为何意识到了不能太吵闹，于是来到了客厅打电话。

"我要急救！外公咳嗽得喘不过气了！"

"需要救护车吗？"

"拜托了！除了外公，家里就两个孩子！"

"明白了，麻烦说下您的地址。"

地址？听到这话后，我正好看到了桌子上的信封，赶忙拿在手里照着写好的文字念了出来。

"收到，我们马上派车过去。"

随后对方再次询问了症状，我一五一十地描述了刚才看到的情况。接着是性别、年龄和基础疾病。年龄倒是说个大概就行，但基础疾病我并不清楚。我跑到外公的房间准备让莎布蕾接电话。

房间里，外公嘴里放了某个器具，正在被莎布蕾揉背。我隐约觉得自己见过类似的东西。

莎布蕾看过来后，我跟她说了情况，换她来接电话。她一只手放在外公背上，一只手接过电话。一时间无事可做的我从冰箱里拿了瓶水过来，虽然不知道需不需要，不过先备着吧。

"对，以前就听说过。貌似不是很频繁。对，现在正在吸药。抽烟。好的。好的。我是他外孙女，名叫鸠代司。这个号码是住在我家的朋友的。好的，麻烦了。"

女孩沉着冷静应答的模样令我钦佩。片刻后，她挂了电话把手机递给我，又开始给外公揉背。为了方便和两人对视，我双腿跪在了地上。

沉默了一会儿后，外公的呼吸声好像逐渐平息了下来。说"好像"是因为我害怕这只是我个人的感觉，也许是我心里如此期盼着才有了这种错觉。

不过看来应该是现实。外公看了眼坐在旁边的莎布蕾，接着目光扫过我，拿掉了嘴里的器具。

"……不好意思啊。"

他的声音异常沙哑，如果是走在路边，根本就听不到这样小的声音。即便如此，听到这句话也让我松了口气，知道外公应该是跨过了生死关。

可就在放心的同时……

原本被担忧填满的内心里，似是有一股来历不明的寒意顺着缝隙掠过。我的身体感受到了与夏天毫不相称的寒气。

我不由自主抓住了胸口处的 T 恤。

可身体却反而在微微发热。

"外公以前就有哮喘。"

正当我想要弄明白刚才为何会有那种感觉时，莎布蕾开了口。我也随即回忆起小学同学曾经用过和外公嘴里的器具类似的东西。

"他们现在就派救护车过来，说是最好还是去医院检查一下。外公，等你缓过来了告诉我保险证放哪儿了。"

我后知后觉地把掉在附近的杯子捡了起来。外公一言不发地指了指柜子上方。那里放了钱包，保险证估计是放在里面吧。其实第一天开始这个钱包就惹得我想发笑，上面用亮闪闪的金线绣了骷髅图案。然而如今外公也没法再摆弄它了。

"小司、濑户同学，害你们担心了。"

外公这次的道歉要比刚才清晰得多，看来症状慢慢稳定下来了。我和莎布蕾异口同声地表示没关系。

"我这……毛病……平时也……偶尔会犯……忘了告诉你们了……"

外面隐约传来了警笛声，像是要盖过外公气喘吁吁的话语。声音越来越近。我率先起身走向玄关，穿上鞋子打开门固定好。那声音和光亮如同瞄准了感应灯一般朝这边靠近。近距离看到的救护车比我想象中的还要大，让我想起了白天在博物馆看到的展品。

就在这时，刚才那股寒气再次刺入我的胸口。

这不是来自外面的空气。室外很凉爽。但似乎和紧张的心情放松下来后的感觉也不太一样。

我暂时没有理会，先把急救人员请进家门，领着人进了房间。不知道我们铺的通道有没有让这条路更好走一些。

莎布蕾估计也觉得剩下的应该交给专业人员处理，她走出房间，和我一起并肩站在走廊里，远远看着众人忙碌。

我有一句没一句地听着外公和急救人员的对话，扭头看了莎布蕾一眼，没想到她也正看着我。

"谢谢你，咩咩。"

"唉，我急得叫了救护车，可外公也说平时就有这种情况，是不是不应该打电话啊。"

没准儿刺入胸口的寒气，与这一失误引发的不安有关。我心想。

"不不不，急救的人也说以防万一应该检查下，你是正确的。要是只有我一个人的话根本发现不了，真的很感谢你。"

能帮上忙就太好了，这是我发自内心的想法。可盘踞在心脏或是肺部那一片的违和感却没有消失，这令我十分在意。不过我本来也没经历过这样的场面，说不定紧急情况下的焦急和紧张混合在一起就会形成这种奇怪的感觉。

等了一会儿，我无意间看了一眼敞开的玄关，只见黑暗中冒出一个被红灯照亮的人影。那人并没有戴防护帽，看起来不像是急救人员。难不成是要趁火打劫？我一下子警觉起来，不过立刻意识到，门口停了救护车意味着有人在家，小偷应该不会来吧。

或许还是确认下身份比较保险。我跟莎布蕾说了一声，独自一人走了出去。打了照面后，那人非但没逃跑，甚至还主动点了下头向我走过来。这时我终于想起来了，面前站着的是前天白天坐在敞篷车里的黑皮肤大叔。

"我有些担心，过来看看。"大叔的语气温和，全然不似在轿车里时呈现出的硬汉感。我也随之轻声将情况进行了简单说明，并表示以防万一似乎要去医院检查下。听到这里，大叔开口道："我今晚没睡，如果需要帮忙送到医院之类的，随时告诉我。"并给了我电话号码。那位给我们长崎蛋糕的老太太也是，这里的邻居们都很善良啊。我不知道是不是因为精神放松了下来，突然想到：是要用敞篷车送？顿时觉得有些好笑。

我回到屋子里跟莎布蕾说了大叔的事情，接着很快被急救人员叫进了房间。谨慎起见，他们要把外公送到医院检查心肺功能，而外公的意识清醒，因此不需要陪护，并且还说有可能会住院。外公则看着我们说道："我想应该很快就能回来，有事的话我会再联系，你们好好休息吧。"尽管说话时还不太自然，不过看他呼吸平稳的样子，让我放心了不少。这会儿在时间上不是那么紧张，我就把隔壁大叔说的话告诉了大人们。外公也和大叔联系了，并且告诉我们他不在的时候随时可以向大叔求助。他们两个貌似是钓友。

我们站在玄关前，目送急救人员和外公坐着救护车离去。

红灯消失在视野尽头，先前如同人间蒸发了一般被隔离于意识之外的虫鸣和蛙叫声才一齐回到了耳边。开敞篷车的大叔家亮起的灯光就在对面，看起来十分可靠。

我和莎布蕾对望了一眼，几乎同时叹了口气回到家中，锁好了门脱掉鞋子。

"我先跟彩羽的妈妈说一声吧。"

说着，莎布蕾匆匆爬上了楼梯。确实是通知一下比较好，可如果莎布蕾就这样不下来了，留我独自待在这里，我不知道该如何消化这种心神不宁的感觉。

白色的灯光徒增焦躁，我打开客厅的常夜灯，从冰箱里拿出大麦茶倒进杯子里喝了几口。冰凉的感觉滑入胃中，和刚才刺入内心的寒意十分相似。难道我的身体也出问题了？

我有些在意，不过还是选择先休息一下喘口气。

就这么直接去睡觉估计很难入眠。我下意识拉开客厅的窗帘，侧身坐在窗边的椅子上仰望夜空。月亮隔着透明的玻璃映入我的眼帘。

　　检查都有哪些啊……如果情况真的很糟糕，明天该怎么办……这些算不上有多担心的模糊念头一个个冒了出来。

　　我有一瞬间的焦虑，害怕自己的做法太莽撞了。不过莎布蕾也那样说了，从结果来看是个正确的决定。

　　不可思议的是，短短几十分钟兵荒马乱的片段，如今已然成为回忆在脑海中复苏。用一个有些羞耻的说法，那些场景就好像浮现在了抬头仰望的月亮上。

　　这样的比喻和刚才的情况完全不相称，连我自己都忍不住发笑。

　　想不到这几天里最平稳的一天当中的最后时刻，竟然会发生这种事。

　　想不到竟然会有这种……

　　特殊活动。

　　这次，寒意伴随着痛楚而来。

为了让自己冷静下来，我把还装着大麦茶的杯子轻轻放在桌子边，没有像外公那样掉在地上。

体表还残留着刚才忙碌过后的余热，不过几乎和平时没什么两样。感觉就像是在社团的活动室里换好了衣服准备去网球场的时候。身体似乎没什么问题。

如果是在社团，接下来我就该集中精神，心跳和呼吸的次数将逐渐上升，力量会从身体的中心传递到手脚的指尖。

可如今，一种截然相反的情绪却在蠢蠢欲动。我有一种不舒服的预感——身体的末梢似乎即将开始颤抖，循着那份寒意一点点向中心聚集。

我不知道为何会有这种预感，也不清楚具体是怎么回事。这是我从没有过的经历。

尽管说不清道不明，但我却觉得一定不能在脑海中将它清晰地描绘出来，不能意识到其中的本质。我尝试推开它，把这种感觉赶出我的身体。然而它已经触碰到了我的内心，开始向深处渗透，簇拥着许许多多的记忆在我的眼前重现，像是要彻底唤醒我隐约意识到的心情。这些记忆的时期和季节颇为凌乱，唯有色彩最鲜明的部分反复播放。

我像是站在了旁观者的视角，只觉得不停变换的思绪已经复杂得不像我自己了。

我回想起了被莎布蕾邀请的那一天。

会答应跟着她一起旅行，不仅是因为我喜欢她。

难道小时候在葬礼上兴高采烈，也不仅是因为觉得像是在参加祭典？

在彩羽家里打开去世的表姨夫的房间时，萌生出的感想也不仅有失落？

刚才涌上心头……或者更应该说是刺痛心头的那股寒意再次袭来。

觉得外公可能会出事的时候、叫来莎布蕾的时候、拨打急救电话的时候、打开玄关等待救护车的时候……我以为自己只有担忧和后来放松后的安心，然而其实不仅如此？

喂。

"特殊活动"是什么意思？

是因为已经结束了。

觉得怅然若失。

太无聊了。

　为了填补内心的空虚，才有了这种想法？

　始于指尖的剧烈颤动，终究传递到了身体的中心。

　这时，身后传来咚咚的脚步声，像是踩着我的心脏律动，一个人影出现在了客厅。

　我仿佛见鬼了一般，噌地从椅子上站了起来。

　"我先给表姨发了条信息，咩咩你怎么干站着？"

　"没什么……"

　"你好像慌慌张张的？不过我也懂这种感觉。"

　莎布蕾轻笑着进入厨房，和我一样倒了一杯大麦茶走了回来。

　"还是开着常夜灯好，让人感觉很平静。"

　"是吧。"

　"我能把窗户打开吗？"

　"嗯。"

　莎布蕾把两扇窗户中右边的那扇打开，轻柔的夜风从外面吹进来，温度自然是低于室温。当风擦过手臂时，我下意识躲了一下。

　女孩没有注意到我的动作，就地盘腿坐下，把杯子放在了地板上。似乎是为了避免被站着的我踢到，她特意隔得远了一些放在了我的对面。

这样过度的体贴，不知为何令我有些不安。

身体里不停地有一个声音告诉我，我的内心正在试图忽略掉一件重要的事情……这真是件怪事。

"想不到竟然会变成这样啊。"

"是啊。"

"希望平安无事吧。"

"嗯。"

"你还站着呢，咩咩。"

莎布蕾像是觉得头顶上传来的声音听起来有些别扭，她抬起头微微斜着眼睛看过来，和我四目相对。

"啊，难道你是想坐在这里？让给你让给你，风吹得正好。"

女孩不等我回答，直接往右边挪了挪。而我就如同去神社时爬楼梯的莎布蕾一样，失去了多余的力气来纠正她的误解。我一言不发地在空出来的地方坐下，凉爽的微风正如莎布蕾说的那样，恰到好处地包裹住手臂和双腿。

我再也无法忍受那种不舒服的感觉。

"莎布蕾……"

“嗯？”

于是不由自主叫了她一声，可得到了回应，我却无言以对。

她自然是不可能不觉得奇怪。我听到了衣服的摩擦声，闻到了男生身上绝不会出现的气味变化，知道是她的身子朝我扭了过来。

无论如何都该我开口了。可异样的情绪涌到了嘴边，我却突然感觉到这些并不适合展现给她，最终把话又咽了回去。

说出来会被她讨厌的。

“咩咩？”

“没事，抱歉。”

“嗯——”

我屈起右腿，扭过脸看向莎布蕾。她面带狐疑，接着伸手拿起放在我对面的杯子喝了一口大麦茶，吞咽声清晰可闻。

“咩咩。”

“嗯。”

“说出来啊。”

我不知道她这么说单纯是对早晨那件事的回礼，还是出于朋友的关心。

但总而言之，如今莎布蕾的内心应该都比我要混乱得多。自己的外公突然发病，和急救人员的沟通也全部由她负责，一手策划的旅行中间出现这样的事情……

按说作为倾听者的应该是我才对。

我完全可以用一句"你才是，想说什么都说出来吧"把事情搪塞过去。

可老实说，我感觉很难将这些话一辈子憋在心里。

我的心跳声和呼吸声也许已经被近在身旁的她察觉到，可就算不管这些……

我真的能做到吗？对着身为朋友，说不定还会成为女朋友甚至是家人的莎布蕾，将这个冷血的想法永远埋在心底？

我回想起外公说今后也许还会找我帮忙时的模样，想起他带着怎样的表情夸我是个能独立思考的人。

他一定没想到我会是这样的人。

倘若我不说，未来我还能若无其事地和莎布蕾一起回来吗？还能笑着和外公一起吃饭吗？

"莎布蕾。"

我做不到。

莎布蕾原本一直看着我的目光转向了纱窗外面，想必是为了让我在说话时更自在一点。哪怕我不会因此而变得更加轻松，我也感受到了她的体贴。

"我……是一个很无情的人。"

分明开着窗户，可这句话似乎并没有随风而逝，深深地留在了客厅里。

一个大男人，竟然才说了这一句话就变成这样，太令人羞愧了。半饭被踹的时候、小灰被甩的时候估计都不会这样。而我仅仅是意识到了自己的无情，甚至都没有疼痛。

莎布蕾面朝前方歪了歪头。

"我一直以为，自己之所以喜欢看求生类电影，喜欢看战争片和灾难片，是和你一样热衷欣赏在极限场景中展现出来的生命能量。跟你一起回来，也是因为对轻生者周围人的想法感兴趣，想要感受我们正在活着这一事实。听你说了小时候在葬礼上嬉闹是因为那里的氛围里凝聚着生命，我也就接受了这样的说法。"

太丢脸了，我竟然在向女生撒娇，不自觉地用上了祈求她能听下去的语气在说话。

"然而不是这样的……"

我咽了咽唾沫。

"我……那个……"

我感觉自己连呼吸都忘了，慌忙深吸了一口气。虽然这是不可能的——没有呼吸根本说不成话，时间一长甚至会死亡。可我真的有了这种错觉。

不知道莎布蕾是无意的，还是特意趁着这个时间瞥了我一眼，随后一言不发地轻轻点了两下头，又转开了视线。也许是惊讶于我没出息的样子，但我很感激她能这么做，不然在她的注视下，我大概什么都说不出来。

"刚才……"

要是擦了眼睛，就该被她发现了啊。

"外公可能有危险的时候，我……感觉很激动。"

莎布蕾一动不动地盯着外面。

我理所当然地觉得莎布蕾是被惊得哑口无言。明知会令她感到震惊和愤怒，已经出口的话语却无法停止。因为刺入我内心的寒意仍然没有消失。

"我和你不一样，根本不是想感受什么生命的能量，只是觉得死亡这件事很好玩。我现在才发现，自己是这么的无情。"

　　先前因为莎布蕾想到的事情，如今却在我身上应验了。我记得是在车站附近的洗浴中心，那时还心想：

　　冷漠的人根本不会注意到自己的冷漠。就像海老名，完全没这个意识。

　　……就像我，完全没这个意识。

　　"对不起，莎布蕾。"

　　莎布蕾仍旧不言不语，又喝了口茶。

　　长这么大，我甚至都不知道自己有如此冷血的一面。然而对于身旁坐着的这位朋友，我却自认对她的性格有一定的了解。

　　从我们熟识之后，从我喜欢上她之后，我就一直在试图了解她，这四天里也是如此。

　　因此我很清楚，莎布蕾现在再怎么生气，也不会一下子爆发出来。她必定会先深思熟虑，再筛选出自己的意见和想法。所以我必须要暂时忍受这样沉默的氛围。

　　"咩咩。"

　　然而我的期望很快落空。

　　她没有叫我的本名。莎布蕾在发出这声滑稽的羊叫时一直看着我，因此无疑是在叫我。

"那个……"

常夜灯下的那双眼睛，几乎要把我吸进去。

看到她的目光，我意识到自己刚才的说话方式又在故意引导莎布蕾的反应。是以在发现和我预料的反应不一致后让我慌了神。

"等等，莎布蕾……"

我忍不住出声制止，可一时间想不出该说什么，最终摇摇头说了句"没什么"，又把发言权让给了莎布蕾。她从鼻腔里呼了一大口气。

"那我说说自己的想法？"

坦白说，我并不想听。我把心头的苦闷发泄一空，强行让人家单方面听我的牢骚，压根儿不可能得到什么正面的反馈。

饶是如此，我也只能点头。我不想让她看到自己更没出息的样子。

"嗯，好。"

"假如你说的是真的，那你还真是无情啊，咩咩。"

这点我自己在刚才也有了明确的认知。

其实在心底某处，我还在期待着她能否定说"不是这样哦"。可现实却与我的愿望背道而驰。伤心和些许的怒意，还有羞耻感交织在一起，让我的身体都在发热。热度像是一口气喷发了出来，我不得不右手扶着地板撑住身体。

没想到莎布蕾的手也正好放在那里。放在平时，我会立刻缩回手。

然而听到她说我无情，拉低了对我的印象，我感觉自己很可能已经遭到了厌恶。

于是忍不住握住了莎布蕾空无一物的那只手。

结果被她一把甩开，比我预想的要更快更用力。

"怎么突然来这一出！吓死我了！"

"呃，抱歉。"

我一下子回过神来道歉，莎布蕾疑惑地歪着脑袋。我也不想把第一次牵手的机会选在这种地方。

"该不会是你以为我说了你无情之后会直接逃跑？"

"……嗯，差不多。"

"我不会逃跑的。"

莎布蕾露出了浅淡的笑容，表情不似往日那般光彩夺目。或许是因为不敢相信吧。我很在意她为什么会说不会跑。我明明不是她，却也变成了一个异常敏感的人。

"咩咩，你说的激动，是否真的是因为觉得外公陷入了危险，我想还可以再深思熟虑。"

可至少我是的的确确感受到了。

"接下来我要说的，不知道能给你多少安慰。"

莎布蕾兜圈子似的说话方式一如往常。不过……安慰？

"我觉得或许会有一些积极作用，所以想说给你听，可以吗？"

"嗯。"

"不用你说我也清楚，你是个很坏的家伙。"

我知道这会儿自己一定是睁大了眼睛看着莎布蕾，甚至都不用照镜子。

她在常夜灯的照耀下，一脸认真地说道："我比较在意细节嘛，跟你在一起的时候，有时候会让我有些纳闷。"

"欸，纳闷什么？"

"那我举个例子？"

"嗯，如果有的话。"

"接下来我说的话会特别刺耳哦。"

莎布蕾并没有给我做好准备的时间，以一句"你可能也有自我感觉"开头后继续说道："你这人，只有在认为自己不会受到伤害的情况下才会选择挺身而出。当你不知道如何是好的时候，基本都会选择让别人先上。还有一点或许和这个也有那么一丝关系，你总是对年长的男性毕恭毕敬。不过也可能是因为你一直都生活在那种体育世界里吧。对着男性和女性还会用不同的敬语。"

莎布蕾斩钉截铁地说完，又喝了一口大麦茶。

我完全失去了反应能力。

听到前半句时，大脑似乎暂时拒绝了接收信息，过了好几秒我才听懂她在说什么。那些话终于传到脑子里后，我不由地想起了这几天发生的事情。

下一秒，全身都充满了远超刚才的强烈羞耻感。涌现出的热意最终突然阻断了耳朵和大脑之间的某处通路。后半段我似听非听，脑海中闪现出了一个个片段：自己软弱又没出息的行为、走在前面的莎布蕾的背影和话语……

她是这样看我的吗？

之所以觉得莎布蕾为人大方自信，是因为我一直在退缩。我甚至无言反驳，只觉得把女生……把喜欢的女生当成挡箭牌的自己丢脸至极。都不知道莎布蕾对自己的看法，还妄想和人家更进一步，实在是令我羞愧万分。

我好想消失。

真希望现在能立刻藏起来，让莎布蕾暂时忘了我。假如再给我那么一丁点儿理由，我估计就能当场逃跑。可要是这么做了，她肯定会想我又在逃避了。

我无计可施，只能将目光从莎布蕾身上移开，身体的重心也换到了和她相反的一侧。

不知道是不是连这点小动作也被她察觉，觉得我很没出息，身旁传来了夹杂着叹息的笑声。

"我们都被困住了呢。"

猛然间听到这样一句没头没尾的话，令我一头雾水。

"不管是好的地方还是坏的地方，都不自由啊。"

她突然握住了我的右臂。

突如其来的触感吓了我一跳，反射性地拂开了她的手。虽说事出突然，可这里只有我和莎布蕾两个人，我为什么要这么做啊……然而后悔也没用，我也不可能让她再抓回来。

她怎么突然间做这种事？

"这、这是对刚才的报复？"

"算是吧，不过我想我能明白你的心情，你应该也知道我有多么惊讶了吧。"

可她却没说是哪种心情。

"我啊……"

莎布蕾聊起了自己。

"刚才摸着外公背的时候心想，假如他就这么走了，我可能也不会太难过。"

我像是对内心的反应十分敏感，身体一抖碰到了身后的椅子。椅子又撞到了桌子，我听到装着大麦茶的杯子掉到地毯上的声音。

"……为什么？"

"我也一直在琢磨。经过这几天我意识到了一件事，这应该是我摆脱了恐死症的原因，估计也是因此惹怒了彩羽妹妹。"

面对这样一个简单的问题，莎布蕾照常先进行了铺垫。

"也许，我对于人类死亡这件事本身是抱着无所谓的态度。"

她描述着有些另类的价值观。

"我所害怕的、难过的、同情的，并不是死亡本身，大概是遗憾吧。我一定不是不想死，而是不想现在死。而外公想必是已经尽享了人生——长大成人，渐渐变老，外孙女健康地长大上了学，妻子也已经不在了。因此即便他去世，我觉得也不是那么令人伤心。明白了这点，也算是我在这趟旅程中的收获吧。"

客厅里除了我们两个别无他人，可我却有种错觉，仿佛正在被彩羽那样的人瞪着，责怪这番发言太过轻率。

"但我还是很喜欢外公的，所以我也一直在经受伦理和良知的谴责，怀疑自己是个极其冷血的人，连离别都不觉得难过。"

"什么极其冷血，你……"

才不是这样……我很想这么安慰她，可却组织不出语言。至少在我的常识中，和喜欢的人分别是件特别悲伤的事情，家人的话就更不用说了。难道这就是她所谓的被困住了……

我终于理解了刚才莎布蕾说明白我的心情，是指哪种心情了。

"别逃避了！"

莎布蕾缓缓呼了口气。

"哪天如果你不在了，我说不定会心想'行吧，反正这家伙已经得偿所愿了'哦？"

"那我没准儿会在你的葬礼上嘻嘻哈哈。"

"倒不如说这样正合我意，说定了啊。"

莎布蕾的神情和语气格外认真。仔细想想，或许我也希望她能这样做。我回忆起小时候去过的葬礼，大人们都在哭泣，好像一点都不开心。

我点点头，随即听到了一声轻笑。

这时我还没有意识到，心脏剧烈的鼓动开始从身体中心逃离，慢慢向外扩散。

取而代之的是脚尖和指尖渐渐泛起痒意。

当那细微的震动一瞬间再次汇集到身体中心时，我终于发现了自己身体里正在发生着变化。

我重新思考起朋友说这些话的意义。

莎布蕾也希望我不要逃避吗？

可我这种人，在她外公有性命之忧的时候还激动，甚至会躲在喜欢的女生身后……

我和莎布蕾目光相接。

想要消失的心情，荡然无存。

随之而来一种前所未有的飘然之感，我咬紧了牙关，生怕某些话会立刻溢出嘴边。

那绝对不是该在这种时间说的。

眼下的情况，地点也好，局面也罢，全都会令莎布蕾难以做出决断。

　　如今我终于有些理解了我们那位坏心眼的朋友说过的话。大概是因为我意识到了自己也是个劣性难移的坏蛋吧。

　　"……我就罢了，原来你也挺坏的啊。"

　　"是啊，你才知道？"

　　"不过我也没想过你会是那种滥好人，话说回来，你明明觉得我胆小还不告诉我，一天天就看我这么过着，也太过分了吧。要是还有别的问题赶紧趁现在告诉我。"

　　"唔……我想想……"

　　既然要想，证明不是那么容易找到。我刚要松口气，就见莎布蕾伸出食指指向我。

　　"如果你也把我的问题告诉我，那我就说。"

　　"行，我知道了。"

　　这么看来还是有啊，那我就不得不听了。我又反过来思索莎布蕾的问题，竟然还真想到了。不过不该说是不好的问题，只是我比较在意的事，并不像莎布蕾说的那么具体。

　　"这次我仍然会故意用些很直白的话，你听着应该不会好受。"

　　"快说吧。"

"你在提到海老名和半饭的时候，偶尔会显得有些高高在上。类似于'我可是很了解那家伙'这种感觉。"

"这我真没注意到，要说海老名高高在上我倒是能理解……"

"也是，这点可能人人都会有，我也免不了。接下来轮到你了，咩咩。或者该说是轮到我了更好理解吧。"

"也不算是不好的方面，就是有时会想要吐槽你的关注点。"

"快说。"

"去了彩羽她们家之后，你说受到了冲击，我以为意思是考虑到她的心情在反思，可听你说了恐死症我才反应过来，合着说的是你自己。"

担心自己说得太过了，到最后时我的声音越来越小。我不想让她伤心。

莎布蕾却无视了我的顾虑，好几次轻轻点头。

"我对此也有自识，所以我也挺沮丧的，觉得自己是个不为他人心情着想的人。"

"不是着（zhāo）想？"

"是着（zhuó）想。"

"学到了。"

"彩羽妹妹说的话当然也令我很吃惊，我也想了很多。可说到底，我就是出于兴趣才去询问的，和她说的没什么两样，所以也就破罐破摔了，反正对我来说的确是暑假回忆啊。"

"你还真是有够坏的。"

"而且你嘴里的这人还很麻烦，自己采取了行动最后消沉到摆烂，摆烂就摆烂吧，又对此有点沮丧。"

"你哪来的自信啊！"

尽管我身上的寒意和热度仍未消散，但不知不觉间，我们又和平时一样聊了起来，仿佛刚刚外公的意外没发生过一样。

"不过这个常夜灯让我想起来了，你把电影反复倒回同一个地方，这我确实觉得有些烦人。"

"我知道啊，我也觉得很抱歉。但你连说两轮了哦。"

"你对我有什么意见的话也尽管说啊。"

"倒不是什么意见，不过我经常会想，你要想糊弄就用点更高明的手段啊。所以半饭说的交易到底是什么？"

当时那一声意味深长的"是吗——"果然是完全没有认可我的说辞吗？那件事怎么说也和我有点关系，希望这次能完美地糊弄过去。

"呃……半饭不是知道班里同学的一些情报吗，海老名貌似想从他手里买过来，具体的我也不太清楚。"

"是吗——哦，对了，半饭之前那个摸摸请求胆量大比拼，听说是跟你一起策划的。这你要还是一副事不关己的表情搪塞过去，那就不太好了吧。"

"我一定要把他给揍飞。那只是他自说自话地对我宣布了一声然后就开始了啊。"

"你没阻止，也属于同谋犯哦。"

"谁能想到他真的会那样做啊。这回你也连着说了两轮了。"

"要是对我有什么不满的地方，你也可以接着说。"

"说起来，如果以前就觉得我人坏，那就别对外公撒谎说我是个好人嘛，来到这里后发现你真的好爱撒谎。对了，明明在意这个在意那个的，怎么在你表姨家里偏偏把我的名字叫错了啊，太丢脸了。"

"我不可能跟要让我们借宿的人说我要带个坏蛋来吧。哎，这么点时间里我又发现了你一个讨人厌的地方，那就是责备别人的时候喜欢连珠炮一样说个不停。"

"是莎布蕾你先发起的进攻啊。"

"自作主张开始坦白的人是你好吧。"

两个人不知为何开始你一言我一语地不停吐槽彼此的缺点和烦人之处。

要在一般情况下估计早就吵起来了。然而和身边的人互相揭短却让我莫名觉得很有意思，得知彼此对对方的看法令我十分开心，我的嘴角在后半程就没有放下来过。我们完全是在做游戏，而且两人都只负责把问题抛出来，谁也没有提出建议要如何改。

一直到月牙高挂夜空，我们才恢复了正经的语气。

莎布蕾突兀地开了口。不过大概只有我觉得突兀，这件事八成已经在她心里萦绕了许久。

"咩咩，你们不是说我那种过分介意的性格太麻烦了吗……"

"嗯。"

"曾经有人说过我这样是有病。"

我当时的心情很放松，以至于猛然听到"有病"这个词都没能立刻做出反应。

"初中的时候，父母总是对我说太丢人了赶快改掉这个毛病。我不喜欢听到他们说这种话，像是把我的人格都否定了一样，于是下定决心慢慢地疏远自己的家人。去年暑假我回了趟家，故意表现得更加过分，结果父母的反应没有半点变化，所以就决定以后除了新年都待在宿舍里不回家了。"

　　也许是刚才互相说了缺点更大胆了些，如今略微思考了片刻后，我就直接把话说了出来。

　　"我觉得无所谓，性格也好，疾病也好，反正就算觉得你有些过分介意，我……还有海老名、半饭、小灰，都会在你身边。"

　　是不是应该只强调我自己啊，这样才能按海老名说的做好铺垫。

　　害臊和后悔令我不由地转开了视线，不一会儿再次看了莎布蕾一眼。没想到她的脸上又露出了难以形容的表情，很像今天早上在神社前的模样。怎么回事？

　　是没明白我的意思吗？我正要再补充两句，莎布蕾却笑了一下。

　　"这样啊……"

　　"对啊。"

　　"我果然是对你的想法没辙啊。"

　　我还没理解莎布蕾到底想说什么，脑子里却先浮现出了画面。这次和刚才我说的话仿佛残留在客厅中的感觉截然相反，莎布蕾的话像是顺着凉风飘到了房子外面，渗透到了夜风中。

"没辙？"

"意思是受到了冲击。"

"我是该高兴，还是你在说我的坏话？"

"难说啊，毕竟是我个人的感觉。"

没有用"YES"或"NO"来回答，这很莎布蕾。我也笑了笑。

"莎布蕾的话语还真是自由呢。"

"至少我是这么希望的，我想要得到解放。"

我不知道她这么说算不算是回答，不过这句话却使我意识到了刚才为什么会涌现出那样的画面。原来是这样……

我有很多能和莎布蕾共鸣的地方，也了解她许多。然而现在我骤然察觉到，自己和莎布蕾之间有个决定性的差异，无关于性别、血缘或者擅不擅长等等。这不能用好坏，或者"YES""NO"来形容，所以没法简单地用语言描述。可就在这时，我的时间到了。

放在莎布蕾旁边的手机亮了起来，是外公发来短信告知一切正常。

我和莎布蕾面面相觑。坏心眼的我由衷松了口气，莎布蕾肯定也是一样。

"明天还要早起，睡觉吧？"

"说的也是。"

我对这样的时光并非毫无留恋，然而神奇的是，和它说再见却也并不困难。我和莎布蕾道过晚安后去了趟厕所，随后缩回被窝。

花了一段时间睡着后，我隐约觉得自己被外公回到家的声音吵醒了一次，那声音最终也消失在了记忆深处。

现实与梦境的交界处，蓦地浮现出了莎布蕾的身影，我看见她似乎长出了翅膀。这副模样令我既欣喜，又害怕。

早上，我在自己心里做了决定。

睡的时间太短了，我们两个坐到餐桌上时都是一副"原来这就叫作睡眼惺忪"的表情。外公看起来比我们精神得多，还准备了早餐。我心怀感激地吃完了。

随后喝了杯咖啡短暂休息了一会儿后，我们便拿着行李出了门，三个人一起坐上了提前叫来的出租车。外公这几天貌似要尽量避免开车。

最终到达的车站并不是来时我们下巴士车的地方，外公帮我们买了新干线的车票，算是打工的报酬。

"给你们也添了不少麻烦，如果我还活着，欢迎再来啊。"

看到外公的坏笑，我也笑着点头。我和外公约好了以后再见，最后握了握手。

我和莎布蕾一边挥手一边通过检票口，在小卖部买了饮料和点心，终于到了新干线出发的时间。

我把两人的行李放到座位上方的置物架上，和莎布蕾并排坐在一起，没过多久就发车了。莎布蕾坐在靠窗的位置，按说可以欣赏沿途风光，结果出发后却早早进入了梦乡。

我没什么事干，可也不能再把她叫起来，于是戴上耳机听起了夜间巴士上莎布蕾发来的歌单。

女孩挑选出的歌曲一首接一首播放了起来，我在歌声里一如既往地陷入了回忆。

老实说，曾经有段时间，莎布蕾在我心里就是个超级麻烦的家伙。

　　班里其他同学当时应该都是这种想法，如今也不能免除。打扫卫生时要是和莎布蕾分到同一组，那就永远别想结束。毕竟莎布蕾干活细致，和她同一天的值日生如果不认真，一定会被老师责骂。小组学习时，莎布蕾会对每个词的意思挨个确认，根本无法往前推进。类似的抱怨估计也传到了她的耳朵里。

　　打扫卫生的事情被女生们委婉地提醒后，莎布蕾似乎改成了放学后独自一人把不放心的地方重新检查一遍。但她的过分介意体现在日常生活中的方方面面，我们这些住宿生还会在除了教室之外的地方碰面，因此有更多的机会目睹到她麻烦的一面。即便如此，我们仍然是好朋友、好伙伴。就像海老名说话难听、半饭开展他愚蠢的计划、小灰会令人大跌眼镜、我学习差，这些在我看来都和莎布蕾的特点没什么两样。当然，以前我并不知道自己还有更恶劣的特点。

　　我是在今年一月清楚地意识到自己对于莎布蕾的看法有了细

微的转变。当时，入学第一年的我和半饭在社团里不是打扫卫生就是准备东西，每天干着没完没了的杂活。就在这样的日子里，某天我突然被迫放了假。

那段时间，社团里好几个人得了流感，我也不幸中招，对学校和社团自然都请了假。后来听说活蹦乱跳的半饭还挺羡慕我能休息，但我其实难受得要死。

一连几天，我都是拜托半饭从超市里买各种各样的吃的，吃完后喝药睡觉，如此循环往复。害怕传染给他，我都是让他把超市的袋子挂在门把上再发信息通知我一声。他总是嘻瑟地发什么"久等了，您的外卖到了（笑脸表情）"，被我全部无视。

有一次我猛然惊醒，发现半饭又发来了信息。我精神恍惚地起床开门，拿起装着宝矿力、饭团之类的购物袋。走廊的空气冻得我一个激灵，赶忙回了房间。我坐在床上翻看袋子，结果发现了意料之外的东西——酸奶和糖渍蜜桃。我不认为半饭会买这种女孩子家家的食物，而且之前那么多次他也的确没买过。

我有些纳闷，不过很快找到了答案。

袋子里有一张裁剪整齐的小纸片，之前可能是贴在了什么东西上面掉了下来。纸上写了两个人的留言：

　　"保重身体 海"

　　"快点好起来 莎"

　　莎布蕾甚至还画了一幅小羊的简笔画。既然是她们两个选的，肯定对身体有好处。我心怀感激地吃完了食物，随后贴上降温贴又钻进被窝。

　　睡睡醒醒，不知不觉到了第二天。我看了眼充当闹铃的时钟，已经九点十二分了。感觉体温是没有昨天那么热了，脑袋也比较清醒。难道是酸奶和桃子起效了？不过也不会这么迅速吧。我一边自问自答一边拿起手机，看到莎布蕾来过电话，还发了条信息。

　　"抱歉，不小心拨了电话（流汗表情）。昨天我给半饭的便签上写了'快点好起来'，我想纠正一下。你不用急着要治好，或者想要赶紧回学校之类的哈。你按着自己的步调慢慢来，好好休息就行！那句话不是在催你，如果让你觉得心急了，我挺不好意思的。万一让你搞混了，我在这里道歉。"

　　看着看着，我笑了。我并没有觉得她在催我什么。这很有莎布蕾的风格。

　　而这番有莎布蕾风格的留言，不知为何没有像平时那样让我觉得麻烦，反倒让我有了截然不同的感觉。胸口仿佛突然舒展开来。

再仔细一看，信息发送的时间就在刚刚。我这才发现今天是星期六。

身体也稍微有了好转，于是我给她回了个电话。

"喂，哦哦，咩咩，没事吧？不用管我的电话，你好好休息啊。"

"好了很多，谢谢你们的酸奶和桃子。"

"那就好，对了，桃子是我拿的，酸奶是海老名的。海代表海老名，还有莎代表莎布蕾。"

"名字我看懂了，而且我也没有觉得你在催我。"

"抱歉啊，我的说法可能使你造成混乱。"

"不过看到那个我突然想到……"

当时的我以为自己很冷静，和平时一样只是在描述自己的感受。可回想起来，也许身上的烧还没有退。

"不应该说你很麻烦，更准确来说是认真啊。"

话出口我才反应过来，这不就变相承认了自己以前觉得莎布蕾麻烦吗。紧接着莎布蕾沉默了好几秒，弄得我心里有些不淡定，害怕是自己惹她不高兴了。

好在接下来听到的是她的笑声。

"哎呀，我就是很麻烦啊。"

"哪有自己这么说自己的。不过无所谓，我只是觉得莎布蕾就是这样的人罢了。"

"'只是'吗……"

"就是'只是'啦。"

之后挂了电话，我又静养了一天，不断琢磨自己心头蔓延的感觉是怎么回事。后来发现，胸口不知何时忽地一下涨满的情愫，原来是因莎布蕾而起。我不禁开始思考自己是不是喜欢上了她。几天后当我的病彻底好了，再次遇到莎布蕾时，看到她笑盈盈地对我说"恭喜复活"，一下子让我确认了自己的心意。

或许是因为接受了周围说她麻烦的评价，让我没能认清这件事——莎布蕾的外表、声音、略显奇特的思维方式，还有那既可以说是麻烦也可以说是认真的态度，全都是我喜欢的模样。

这就是我心动的契机。可能并没有多浪漫，但于我而言却是特别的。不过那些信息和电话，莎布蕾八成早就忘了吧。

时间回到现在，我睁开了眼睛。如今，我有了喜欢的女生。

我还坐在飞驰的新干线中。扭头一看，一旁的莎布蕾正看着窗外。我摘下耳机，歌曲不知什么时候全放完了，我好像迷迷糊糊地睡了一个小时。我喝了口茶，打开一盒百奇饼干。莎布蕾循着声音望过来，我便将袋子里的饼干递过去。她伸出纤细的手指抽了一根，并给了我一片品客薯片作为回礼。

今天莎布蕾的打扮和坐夜间巴士那天一模一样。黑色的宽松T恤加上让人眼花缭乱的类似彩虹花纹的裙子。在外公家的时候，为了防止串色，她还单独把这件衣服挑出来洗了。

分明是相同的衣着，在我看来却不太一样。原因意外地很清楚，一想到这个原因，余下的一个半小时左右的车程我就完全睡不着，和莎布蕾漫无边际地聊了起来。我的内心已经不再茫茫然地滚向远方。

隔了三个小时重新踏上地面，我总有一种轻飘飘的感觉。我和莎布蕾说了之后，她回道："我懂你的意思，不过这里也只是混凝土铺成的地基，并不算地面吧。而且还有地下空间，下面是空洞的，那身体是如何判断和新干线的地板之间的差别呢？我感觉有点像是安慰剂。当然，我不是在否认你的感受啊。"依然是有莎布蕾风格的回应。

怎么说也是坐着那样快速的交通工具向南移动了三个小时，这里真是相当的热。反射的阳光和众多乘客蒸腾出的闷热，实在是让适应了宜人气候的身体觉得要命。我和莎布蕾急忙进入室内，在车站里穿梭了一会儿后暂时出了检票口，准备吃午餐。

我们已经不在乎味道了，全凭气温在挑选菜单，最后并排坐在一家路过的拉面店里吃中华冷面。

"比起面条，我更喜欢这个海蜇啊，加了这个小料的中华冷面真是选对了。"

"意思是我们食堂里偶尔提供的冷面不得你心啊。"

"那种也很好吃啊。话说回来，觉得食物不如预期可不礼貌哦。"

莎布蕾提起了话题后又自己反思了起来，接着津津有味地吃着那只有酸味和清脆口感的海蜇。

有了上次的教训，我老老实实要了个大份。饶是如此，我还是比莎布蕾吃得要快得多。她振振有词道："这是一场亲眼见证运动和不运动的人之间代谢差异的旅程。"

　　离开饭店，我们再次检票走向目标站台。接下来要坐的是普通电车。不一会儿，电车来了，然而车内空间却完全没法和那边的蓝色电车相提并论，令人十分拘束。不过车里并不是挤得和罐头一样，因此也可能只是我的感觉问题。

　　我们把行李放在车门前的地上，跟着电车左摇右晃。莎布蕾的身体似乎和外表一样羸弱，跟跄了好几次。我笑嘻嘻地看她站不稳的模样，没想到下一次剧烈晃动时，莎布蕾被脚边的背包绊了一下，差点摔倒时下意识伸出来的胳膊正中我的肚子。

　　"对不起，没事吧？"

　　"你为什么出拳头啊。"

　　"我最近比较执着于在猜拳的时候出拳头。"

　　"这是什么奇怪的理由。"

　　带着些许笑容道歉的莎布蕾，以及哈哈大笑着抱怨的我招来了旁人疑惑的视线，我们随即放低了声音。

　　在目的地车站下车后，还要换乘最后一个交通工具——坐着公交回到我们的街区。我的心里自然有诸多不舍，也有愉快旅行过后的满足感，但这些心情全被一个巨大的念头裹挟，或许是在它的支撑下，此刻我的内心才会如此安稳。

公交上很空，我们便一前一后坐了下来。我坐在后面，但也没有特意伸长脖子对她说些什么。

车子驶入熟悉的街道，广播里响起了耳熟的站名。莎布蕾率先按了下车铃，等车停稳后，我们站起来拿着各自的背包下了车。

从空调车来到室外，环境瞬间变化，阳光直直打在我们身上。莎布蕾戴着在车上从包里拿出来的棒球帽，我则毫无防备。

"还是回来了啊——"

莎布蕾自言自语，表情倒不似她的语气那么遗憾。我和她一起朝着宿舍的方向走去。大概是天热的缘故，这片居民区不见半个人影，并且持续了好一段时间。我看准这个时机，叫住了走在旁边的莎布蕾。

"等一下。"

"嗯？"

我拉开背着的运动包翻了翻，把放在内袋里的罐装咖啡拿了出来，又从钱包里拿了 10 块日元。我先把咖啡递给莎布蕾，看到她一脸迷茫。这也不奇怪。

"其实夜间巴士的那个干体力活的小哥还给你买了罐咖

啡，给。”

“哦，这样啊，那还真是多谢了。”

莎布蕾没有对小哥的钱包，反倒是对斟酌着时机的我道了谢。她把背包放在地上将咖啡塞进去，接着重新背起来。我默默地等着她弄完。

“还有这是昨天在神社参拜的香钱。”

“哦，好的好的。”

莎布蕾接过 10 块日元放进口袋，抬步继续走，我也再次和她并肩前行。

感觉还是动起来让我觉得更平和。

“莎布蕾。”

“嗯。”

“其实我一直喜欢你。”

原本只用一边眼睛看着我的莎布蕾微微扭头，整张脸都转了过来。然而她没有停下来的意思，就这样一步步向前走着，说了句再普通不过的话。

“我们最近一直待在一起，怎么这时候说这种话？”

“唔，话是这么说……”

在我看来只有现在合适。

我确实是有意在找告白的地点和时间，让莎布蕾拒绝起来也毫无负担，不过这不是我选在这一刻的决定性因素。和胜算之类的无关，我有着更认真的想法。

"自从我意识到这件事的半年来，包括这五天在内，我从来没有像现在这样喜欢你，也想象不到今后会有更浓烈的感情，所以决定在这里告诉你。"

我感觉自己说出来的话语似乎掉落在地，立在这热浪中。我不由冒出了奇怪的联想：如果和昨天晚上莎布蕾散发出的自由相比，我和她真就像是鸽子和羊在说话。

"是吗，我还挺意外的。"

"意外我半年前就喜欢你？"

"这点也确实，不过你能一点都不害羞地说出那些肉麻话，更让我……"

"我超级害羞好不好。"

为了掩盖害羞，我甚至还冒出了奇怪的联想。只不过比起坦白自己的恶劣之处，告诉莎布蕾自己喜欢她，这种表现自己优点的话语的确说起来更容易。也许这些在炎炎烈日下很难被察觉吧。

莎布蕾点头表示了解。她的反应让我觉得有些不可思议。

"你不怎么惊讶啊。"

她对于这种事情都能如此冷静，还是说我的心思早就暴露无遗？要是那样也太羞耻了。

"嗯，应该说，其实我也有着类似的烦恼，所以即使听到你在想着类似的事情也不太奇怪……"

"类似的事情？"

像个复读机一样提问真是最蠢的啊。我自己都忍不住心想。

"没错。真亏你能说出来这些话啊，都不会难为情吗，厉害了。"

"感觉被夸了啊。"

在莎布蕾组织语言的时候，我思索了一番她话里的意思，疯狂压抑着内心即将喷涌而出的喜悦。要是其他人的话就算了，可对方是莎布蕾，现在激动还太早。

"好吧，我直说了，我也喜欢你，不然也不会邀请你去旅行。嗯。不过我觉得与你口中的喜欢相比，我说的含义可能更加宽泛。'喜欢'本来就是一种渐变的感情，我想也许不能片面地认定为仅仅是友情或者爱情……"

我很高兴，因为我早就猜到她肯定会说些与普通人不同的略显麻烦的话。

"的确是你会有的想法。"

"嗯，不过……啊，我能先去趟便利店吗？"

听到她的话，我不禁失笑。不知道她是不是有需要的东西，不过告白到一半，结果路过了便利店就要进去，我想象不到除了莎布蕾还会有谁这么做。当然，我还是点点头。毕竟莎布蕾有独属于她自己的优先级。

我们一起打开门走进了便利店，里面异常凉爽，只有一个顾客在站着看杂志。我先买了瓶水动乐，一边站在入口处等她一边心想，在炎热的道路上告白，本身是不是就有些离谱啊……

莎布蕾经过收银台走了过来，右手拿着一瓶茶饮，左手则拿着一罐咖啡递给了我。她的举动总算让我理解了为什么要在谈话中途停下来去便利店，因此便不客气地收下了咖啡。

走到店外后，阳光太过强烈，于是我们决定在便利店的屋檐下待一会儿。和杂志区拉开了些许距离后，我们背对着便利店并肩站在一起。

莎布蕾先放下背包，把脱掉的帽子扣在上面。也许是觉得在这种时候戴着帽子不太礼貌吧。

"不过我的想法原本就是那样。"

补充完水分把瓶子放到地上后，莎布蕾又继续刚才的话题。我也喝了口水动乐，放下瓶子等着她的下文。与地点和事情的发展无关，我知道这就是莎布蕾特有的回答。

"在此之上，我其实还想弄明白自己对于你的喜欢到底是什么感情，因此这次的旅程，对于我来说还有这样一个特殊的主题，是在我邀请你的时候突然想到的。"

"……所以？"

"我本来想着要对自己瞒着你这件事道歉，不过你也瞒了我半年，那我们算是扯平了？"

"嗯，可以。"

刚才的咖啡应该也是如此。莎布蕾肯定认真考虑过我，所以才决定在给出答案前尽可能地让我们的关系公平对等。

"你在新干线上睡着的时候，我想了想自己对你到底是什么感情。"

T恤紧贴到了我的后背上。

"可我没法下定论，怎么想都是一种渐变的状态。就在这几天中，我的感情便急剧膨大。昨天聊了你的缺点，但你身上的优点——一直进行体育活动，和各个年龄层的人接触后才有的体贴，还有果断，我都喜欢。这当中既包括友情，也包括爱情。其实我觉得你也是如此。我知道你说的应该是恋爱方面的意思，但我也能感受到你对我的友情。这次既然我们知道了彼此对对方都有好感，所以……"

莎布蕾认真地注视着我。

"我在想，我们是不是应该让彼此自由。"

其实，就算没有她的那罐咖啡，无须用彼此的秘密相抵，我也已经有了这种预感。

彼此心仪，有了恋爱的想法，一男一女，却不会提出改变两人的关系，这的确很有莎布蕾的风格。也许是先前和别人交往过，进一步加强了她的这种想法。我在这几天比以前更加了解了莎布蕾，变得更加喜欢她，所以才明白了，察觉到了，莎布蕾肯定还非常在乎珍视之人的自由。

并且我也知道，莎布蕾能直言不讳地说出自己的意见，足以证明她对我有多么认真。

即便如此，听到她这么说，我还是很受打击。

"我知道这可能只是我个人的想法。"

莎布蕾渴望自由，希望能从这里得到解放。

"咩咩，你是怎么想的？"

我仿佛看到她朝我伸出了翅膀。

既然想要尊重莎布蕾的自由，让喜欢的女生维持自我，那么我的答案显而易见。

如果我是一个打从心底为他人着想的温柔之人。

肯定能告诉她，做自己想做的事就好。

然而，这次旅程让我认识到，自己就是个胆小、恶劣的家伙。

"我想和莎布蕾交往。"

假如回到了宿舍，进入新学期，升入最后一个学年，毕业了……假如这一刻，在这里放了莎布蕾自由……我怕她总有一天会真的飞走，离我远去，因此根本无法撒谎。昨天脑海中出现的画面让我的心提了起来。

"我想和莎布蕾谈恋爱，想和你牵手，就像我们两个平时约定要不要去什么地方一样。如果只是朋友，哪怕关系再好，我应该都没有正当理由这么做。我也觉得自己是个浑蛋，企图扭曲你自由的想法。我知道你有着认真的意见和想法，也自认为理解你的意思。可我的感情完全不输于这些，在我心里，你的一切，我都喜欢。"

如今的我，欲将她的翅膀扯掉。

"我想和你在一起。"

我紧张得内心颤动，但又下定了决心。然而脑海中又浮现出了现实中并未发生的怪异景象——折断的骨骼、撕裂的翅膀、飞溅出的鲜血，被另一只不知存在于何处的眼睛放映出来，无论如何也挥之不去。

我意识到，这就是我心里残酷的一面，是罪恶感的真实写照。

直到听到莎布蕾的呼唤，我才又回到了现实的目光当中。

"咩咩。"

我回过神来眨眨眼睛，面前既没有凄惨的羽毛，也没有振翅欲飞的巨大翅膀。

"我其实也是个恶劣的人啊。"

是一开始就没有？还是后来消失了？

"我的缺点能说上一整晚，再加上我自己没有意识到的部分，还有好多。"

莎布蕾低头看着地面，深深叹了口气。她不知为何就这样停了下来，好一会儿才又抬起头看向我的眼睛。

"我的那种说法，把做决定这一责任都推给了你。听到你的话之后，我终于意识到了自己的所作所为。我那么说，好像在试探你一样。"

在理解莎布蕾的意思之前，我看着她的面庞，先明白了一件事。

"向往自由，还有给彩虹分类的，都是我自己。"

即使不用手去擦掉，强忍着不流出来，泪水似乎也是会被发现的。

"你明明都告诉过我了，性格也好、病态也好、想法也好、心情也好，全都无所谓。我才是那个胆小又恶劣的人，我真的好麻烦啊。"

"莎布蕾……"

"对不起，咩咩，我能重说一次吗？"

我好像经常能收到这样的问题。

但不管是之前，还是以后，我的答案都不会变。

我想听莎布蕾说话，无论多少次都会点头。

"谢谢。听我说，我也……不，是我想和你在一起。以宿舍伙伴、同学、朋友、恋人的身份，或者其中之一都可以。连带着彼此的所有恶劣、过分、麻烦之处。我想和咩咩在一起，这就是我现在的想法，是我认真决定后的自由，也是我不想放手的不自由。"

说完，莎布蕾猛地向右转身跑进了便利店。

我整个人呆若木鸡。莎布蕾在店里转来转去，最后经过收银台走了回来。她的右手提了一个购物袋，里面放了条新毛巾，左手拿着一盒葡萄柚味的森永碎碎冰。我想看看她到底要干什么，只见她对我伸出了左手。

"你先吃着等会儿。"

我刚一接过，莎布蕾便捡起地上的瓶子回到便利店，又在收银台前站了一会儿，随后消失在了角落。似乎是去借用洗手间了。

我吃着莎布蕾特意买来的碎碎冰，琢磨她话里的意思，心里一阵飘飘然。在炎炎夏日之中，这真是最美味的食物。

话虽如此，我不能一起进去吗？就在我将碎碎冰和水动乐的空瓶扔进店门前的垃圾箱，思考这一问题时，脖子上围着毛巾的莎布蕾回来了。她的表情异常认真，心情似乎都舒畅了。

"抱歉，我不喜欢被人看到自己哭哭啼啼的样子，显得我精神很脆弱似的。"

"这样啊……"

"看别人的倒还好，所以你昨天哭的时候我也没在意。"

"不用特意告诉我好吧。"

"好了，回去吧。"

仿佛刚才的一切都没发生过一样，莎布蕾戴上棒球帽背好背包，随即迈步向前。我也姑且跟了上去。

走在她身边的我不禁心想，万一真的被她当作无事发生，那可坏了啊……

莎布蕾刚刚的话，我能理解成那种意思吗？

我想在回宿舍前再确认一次，但不知该如何开口。

不一会儿，没出息的我所担心的事情就被两人共同面对的一个问题解决了。

"该怎么跟海老名她们说啊，咩咩。"

"这……就按照你的话说吧。即是宿舍伙伴、同学、朋友，也是恋人……"

"嗯。"

自己挑起了话题却得到了略显消极的回应，但她没有否定任何一个词，包括恋人。

两个人再次陷入沉默。这让制造出这一变化的我十分难为情，而且不说点什么显得我很冷淡。于是我继续围绕刚才的话题东拉西扯，如何如何给半饭说啦、很难跟小灰坦白啦等等，顺便也掩饰下我的害羞。结果莎布蕾用脖子上的毛巾捂着嘴巴，除了"嗯""也是""没错"之外再也没说别的。

我心里惴惴不安。毕竟这可是莎布蕾，该不会是后悔了或者在反思吧，这是我不愿见到的。

"没事吧，莎布蕾？"

所以我直接问了一句。

"嗯，那个……我还不知道该怎么形容，但是突然，有一股区别于我之前的想法、见解等等的强烈感情涌现出来，击中了我。"

我根据我们之间一连串的对话解读出了她话里的意思，顿时满心欢喜。原本可以直接闭口不言，但一个没忍住立刻反问道："意思是想和我在一起……"

女孩完全不搭理我。

按照莎布蕾的性格，平时的她根本不会有这种举动。也许是因为她的内心里掀起了和平时截然不同的波澜，束缚了她的话语。倘若如此，我必须要给莎布蕾道个歉，在她陷入混乱的当下，我却为自己拨动了她的心弦而异常欣喜。

　　终于，我们回到了宿舍楼前，结束了数天的旅程。从公交站走过来会先经过女生宿舍。我和莎布蕾停在那里，按捺住羞涩，久违地看向了彼此的面庞。

　　"那我先回宿舍冷静下，方便的话，一起吃晚餐？"

　　"怎么突然这么客气。"

　　"在掩饰害羞嘛，你还咩咩咩咩地叫，烦人。"

　　"我的声音到你耳朵里成什么样了啊。"

　　莎布蕾微微露齿一笑，再次用毛巾遮住了自己大大的嘴巴说道："手就留到那时候牵吧……"

　　说完，她就跑进了女生宿舍楼敞开的铁门。我看着她和宿管室的众人点头问好，接着放下了背包像是要拿钥匙，最后消失在了我的视线中。身上没有任何地方长出翅膀。

　　望着她的背影，我的内心似乎又冒出了一种罪恶感。对莎布蕾，也是对我自己。

　　我不小心撒了谎——告白的机会，根本不是只有那一刻。

　　我对莎布蕾的喜欢，又比刚才多了一分。

图书在版编目（CIP）数据

恋爱与之后的一切 / （日）住野夜著；于晓淅译.
南京：江苏凤凰文艺出版社，2025.7. -- ISBN 978-7
-5594-9629-4

Ⅰ. I313.45

中国国家版本馆 CIP 数据核字第 2025MS9404 号

著作权合同登记号 图进字：10-2025-113

恋爱与之后的一切

［日］住野夜 著 于晓淅 译

责任编辑	项雷达
特约编辑	多珮瑶　沈欣瑶
装帧设计	卷帙设计 QQ:2649686699
责任印制	杨 丹
出版发行	江苏凤凰文艺出版社
	南京市中央路 165 号，邮编：210009
网　址	http://www.jswenyi.com
印　刷	天津鑫旭阳印刷有限公司
开　本	880 毫米 × 1230 毫米　1/32
印　张	9
字　数	140 千字
版　次	2025 年 7 月第 1 版
印　次	2025 年 7 月第 1 次印刷
书　号	ISBN 978-7-5594-9629-4
定　价	42.80 元

江苏凤凰文艺版图书凡印刷、装订错误，可向出版社调换，联系电话 025-83280257